魂の叫び 光の囁き

——大桑伸一作品集

大桑伸一
OHKUWA Shinichi

文芸社

はじめに

私のこれまでの人生の軌跡を簡単に語るとするならば、青春時代に突然襲った重度の精神病にひれ伏した、身の毛もよだつような悲惨で悲痛な地獄のような日々との遭遇と、そこから這い上がろうと必死にもがき、病と向き合った長きに渡る精神病との格闘の日々があったと言える。

病を患った当初を考えれば、この世にこうして生きて存在していること自体が奇跡であると思っている。

ましてや、その病を医師の力も借りずに自力で克服し、こうしてこの世に生き長らえて、社会の荒波にもまれながらも仕事に就き、無事に定年を迎えられたという結果に対しては、我ながらに称賛に値すると思っている。

そして、大した素質や文才もない素人の私が、少年時代に詩の世界に興味を抱き、「死ぬまでに一冊の本を残したい」と抱いていたほのかな夢が、このたび実現する運びに至ったことは、言い尽くせないものがあり、感涙を抑えがたい。

私が、詩を書きたいと思うようになったのは、小学生三年か四年生の頃に一つの詩に出会ったことが、大きなきっかけになっている。

私の家は代々、魚の行商を営んでいたが、大した利益もなく、かなり貧しい家であった。ある日、そんな我が家に一人の百科事典を販売する営業マンがやって来た。当時の我が家の家計の状態を考えれば、かなりの高額の代物に値することから、母親は再三購入を拒んでいた。

しかし、「息子さんが欲しがっていますから……」と言う、その営業マンの熱意に根負けして、なけなしのお金をはたいてその百科事典を買ってくれたのだった。

その時、私は自分の軽率な言葉を大いに悔いた。当時の私は、勉強には一切手を付けないヤンチャで遊んでばかりいる少年であった。しかし、私のためにその百科事典を買ってくれた母親に対して、申し訳ないという気持ちでいっぱいであった。勉強嫌いの私は、母の手前もあって買ってもらった百科事典に渋々と目を通すようにした。

ある日、その百科事典の文学の分野の中にある山村暮鳥の『雲』という詩集が、私の目の中に飛び込んできた。

その詩を読んで、すごく感銘したことを覚えている。その短い詩のどこに感銘したのかは定かではないが、勉強嫌いの私が感銘することなど、まずあり得ないことであった。

私の詩に対する思いは、ここが原点であり、その後中学への進学により、その思いは増幅していった。

ところが、人生という見果てぬストーリーの中で、私は過酷な運命の洗礼を受ける羽目になってしまった。地元の高校の入学を機に、思いもよらない心の病に陥ってしまったのだ。

そうなったきっかけは？　と聞かれても思い当たる節はない。

最初は何が起こったのか、ほとんど理解ができないでいた。

一人パニックに陥り、体は重く、生気は抜け出し腑抜け状態であった。明らかに今までとは違う自分が君臨しており、冷静に自分がヤバい状態に置かれていることを悟った。

そこから、明らかに精神の基調が総崩れし、一人苦しみ喘ぐ日々が続いた。誰にも相談することなど、できなかった。この世の様相が一八〇度変異して、その変化に追いつけないでいる私がいた。

少し経ってから、私は極度の恐怖症（対人・対物の両面）と妄想に取りつかれている状態ではなかろうか、と思うようになってきた。医学の書に記載されている心の病の症状にことごとく類似していたからである。

私が極悪の前科者で、周りの人から絶えず追跡されている。

自室に閉じ籠もっている私に対する、見えない冷たい視線や中傷や罵倒が絶えず浴びせられており、私の身の周りには、常に監視の目が光っていた。壁には、監視の目や耳が張り付いているようにさえ思えた。

そこから不登校が続いた。

家から出られる精神状態ではなかった。

一五歳で発病し、藁をも掴む思いで生きる可能性に挑んだ私の人生が、ここから開幕したのであった。

この心の病との葛藤については、詩の部分で網羅したつもりである。

初めは山村暮鳥の詩に憧れ、詩を書くのならば、自然の中に身を置いた詩を綴っていたに違いない。けれど、心の病と遭遇し、波乱の人生を送った私は、想定していた詩の内容も大きく方向転換することになった。

また、私事ではあるが、辛い離婚も経験し、心の支えであった家族も他界してしまい、

Ⅳ

つれづれ　177

「ホームラン」／「リフレッシュ」／「真実の光」／「旋律」／「孤高の物書き」／「心の紙切れ」／「両極」／「Alone」／「beauty」「beauty」／「forever」／「impossible」／「寂」／「OK」「OK」／「road」「road」／「Wish」「Wish」／「アメンボ」／「うたかたの顔」／「キャラメル」／「この道」／「さらば」／「浮世の鬱憤」／「それとも」／「セルフコントロール」／「それなり」／「ダイアリー」／「タイム　イズ　ランニング」／「チャイム」／「デカイ人物」／「ドボルザークを聴きながら」／「ハードル」／「バッタ」／「バランス」／「ピース」／「ピエロのピエロ」／「下降のベクトル」／「フレンド」／「誘い」／「マイ・スタンス」／「ムンクの様に」／「もののふの唄」／「ラストチャンス」／「希望の帆」／「リバイバル」／「手法」／「阿多古川」／「安穏」／「核心」／「暗い部屋」／「暗闇の中の希望」／「どさくさに紛れて」／「意外」／「一月のアンブレラ」／「陰湿なる企て」／「温」／「forward」／「過酷な雨」／「廻れ風車」／「懐疑」／「開幕の唄」／「崖っぷち」／「感」／「晩夏」

第一章　短編小説

「うたかたの彷徨い」

(一)「序　奏」

生一《せいいち》は、大手保険会社のエリート社員で、年齢は二五歳である。営業部に所属しており、敏腕社員の一人として注目されつつあった。時は昭和五〇年代、高度経済成長期が始まろうとしていた。

現在独身ではあるが、三か月後の九月には結婚が決まっていた。

フィアンセは、半導体の分野で新進気鋭の企業を営む社長の令嬢ということもあって、彼の将来への展望も大きく膨らんでいた。

彼には、今の会社で敏腕社員として軌道に乗っかるか、はたまたフィアンセの父親の経営する成長企業へ転身して身を立てるのか、という選択肢がある。いずれにしても、多くの試練はつきものではあるが、明るい展望を含んだ状況下にあることは、紛れもない事実であった。

フィアンセの名前は伸江といい、生一と同じ大学の一学年下の後輩であった。都内にある大手証券会社の本社に勤務していた。

伸江の両親は、共に平凡な家庭の出身であった。どちらも下町生まれの下町育ちで、共に人情に篤く、特に父親は天賦の才に恵まれ、高卒ながら一代で躍進の企業を創り上げた俊英であった。母親は、夫を陰で支えるという生き方をしてきた女性であった。

一方、生一の父親は、都立高校の校長の任に就いており、母親も都内にある私立高校の英語の教員であった。

生一の親族には教育に携わる者が多く、どちらかというと世間体を気にする家風が根強く残っていた。

教育者の家庭で育ってきた生一にとって、親の勧める教育の道に進むのか、それともサラリーマンとして違う道へ進むのか、ギリギリの線まで進路に悩んだ。

生一は一人息子のため、彼の選択肢は仕事に限らず、家庭の今後に対して影響は大きいといえた。

仲江と交際当初から、彼の両親は反対していた。理由は、相手側の父親の社会的地位の高さであった。生一の両親は、彼に会うたびに、不釣り合いな交際は避けるようにと、殊更に声を荒らげるのであった。生一が一人っ子である点も、当然ながら交際を反対される要因であった。

しかし、フィアンセの父親は、「家族でも必要以上に干渉すべきではない」という考えの持ち主であった。一方、母親は、重要な局面で夫に異を唱える気質ではなかった。

彼女の寛大な父親のおかげで、多少の波風はあっても、ここまで自由に交際ができていた、といってよかった。


生一は現在、八王子にあるアパートで一人暮らしをしており、そこから都心にある会社まで電車通勤をしていた。

今日は大口の契約の交渉日であった。なんとか契約まで辿り着いたものの、思いのほか仕事が長引いてしまった。

疲れと明日が休日であることもあって、八王子のアパートには帰らずに、仕事を終えた場所から近くにあるビジネスホテルに泊まろうか、と考えていたのである。

今日の仕事から解放された彼は、電車に揺られながら疲れ果てた顔で、中吊り広告や乗客の表情を虚ろな目でボンヤリと眺めていた。

そして、仕事が取りあえず無事に終わったことに対して、心の底からの安堵感を覚えていたのであった。

吊革を持つ手には力が入らず、肩はだらりと落ちていた。まさに、疲労困憊といったふうであった。

彼にとっては、こういった負の気分を味わうのは久しぶりだ。仕事をやり終えたという達成感はなく、逆に仕事から逃れられたと感じていた。いつもの彼ならば、実力を発揮して心地良い安らぎを感じるのが常であったのに……。

今日の彼は、なんとも言えない重たい気持ちを抱えていたのである。別に大きな悩みがあるというわけでもないし、体調が悪いというわけでもなかった。しかし、口ではうまく説明できない、どんよりとした重たい気持ちが、今日の彼を終始悩ませていたのであった。

それが何に起因しているものなのか、彼自身もまったく見当がつかないでいた。今日の契約が長引いたのも、この心の状態が直接関係していたのかもしれなかった。普段の彼の力量からすれば、間違いなく、もっとスムーズに進められるはずであった。

契約まで辿り着いたから良かったようなものの、危うくライバルたちに先を越されてしまいかねない状態で、悔いの残る仕事ぶりだった。連日煩雑な仕事に追われ、心身共に疲れ果てていたのは事実であった。

「まっ、時にはこんな日もあるさ……」と、生一は静かに自分をなだめるのだった。

考えているうちに、電車は速度を緩め、目的の駅に停止した。

生一は、人の間を潜り抜けるように足早に改札口へと急いだ。なぜか気ばかり焦った。一刻も早く、安らぎの場になるのであろう所に到着したかったからである。

あまり下車したことのない駅前の町並みは、すこぶる新鮮に感じられた。新しい町並みの中に、情緒に富んだ古い町並みが色濃く残っていた。

駅の構内を出た生一は、気分転換のために人の往来の少ないスペースを見つけて、そこで一旦足を止めた。足早に歩いてきたせいもあって、やや息も切れていた。

そして、薄暗くなった空を仰いで、大きく二度三度深呼吸をしてみた。嫌な流れをなんらかの形で断ち切りたかったし、一刻も早く乱れた心を鎮め、平常心を取り戻したかったのである。

それにはどんな手法を用いても良いと思った。これから飲み屋を探し、その後に一晩泊まるホテルも探さなくてはならない。さすがに嫌な気持ちを抱えたままでお酒を飲みたくはないな、と思ったのである。

すると、新しく吸い込んだ空気が、彼の身体《からだ》全体に行き渡って、代わりに今日の汚れた空気が一挙に体外に出ていくような清々しい感覚を覚えた。

生一は、少しだけ救われたような気持ちになった。この一旦解放されたような心の状態が、たとえ一瞬の出来事だったとしてもオーケーだ、と彼は思った。

今日のような災いめいた気持ちが長時間続くとなると一大事だ！　ひょっとしたら、今後も起こり得ることかもしれない！　あるいは、これは内面的な疾患なのかもしれない。彼はそう思うと、気が気ではなかったのである。もし、そのような事態になれば、今後の彼の人生に大きく影響してくるに違いなかった。

彼は、目の前にそびえるビルディングの窓の無数の明かりを眺めながら、ふとサラリーマンとしての日々について思いを馳せてみるのであった。

活気と情熱を含んでいて、笑顔や涙が混在している時間。時にギスギスした空気が漂ったり、悲痛な叫び声が飛び交ったり、大きな壁が立ちはだかって右往左往したりする。普段の彼なら、こんな感傷にふけることはない。

その時、彼の意に反して、込み上げてくるものがあり、眼に涙が溜まるのを感じた。それは、今日起こった想定外の事態に対する悔し涙であったに違いない。彼は涙を掌で拭い去り、愛飲のマイルドセブンに火を点け、やや緩んでいたネクタイをグイッと締め直した。そして、肺の中に残った煙草の煙を思い切り吐き出してから、「よし、今晩は思い切りお酒を飲んでやる」と、やや居直ったような表情で歩み始めたのである。

彼は、酒には強い質であった。

駅前の賑やかな広い通りを離れ、小さな商店がまばらに立ち並んでいる細い通りに出た。雰囲気は動から静へと急変した。この辺りは、生一が生まれた昭和三〇年代の面影がいくつか残っているようであった。

彼が小さかった頃に、よく見かけた商品の看板や広告が、彼の目の中に飛び込んできた。小さな駄菓子屋があり、そこには幼少期に、実際に口に運んでいた懐かしいお菓子類がいくつも陳列されていた。どれもこれも懐かしい。幼い頃、ヤンチャだった彼は、よく近所の人に怒られたものだ。

彼は鮮明によみがえる少年期の残像と、この町とが見事にリンクして、あたかもその時代にワープしたような錯覚を覚えたのだった。

あまり下車しない駅で降りて正解だったな、とほくそ笑んだ。なんだかこの町が、彼に良い運気を運んでくれるような気がしてきた。否、そうあってほしいと強く念じた。

どこからか吹いてくる心地良い風が、そっと彼の頬を優しく撫でた。

生一は知らず知らずのうちに、肩を切って歩いている自分に気づいたのであった。

(二)「門　出」

細い道に入って、かれこれ五分以上歩いたであろうか。生一の耳元に、ふいにどこか別の次元からのように、風に乗っておせっかいな声が聞こえてきた。

「このまま、仕事も手に付かない暗闇の世界へ行っちゃいなさい……」

「イヤイヤ、君は、今まで通りに幸福の路線を歩めばいいのさ」

それは、妄想とも幻聴とも取れる気味の悪い呟きであった。

生一の顔は、一挙に青ざめた。周囲を見渡しても、その言葉を発している存在は見当たらない。その言葉は、彼の内面をグサッとえぐるように、急に入り込んできたのだった。生一は、このような事態が、きっと遠からずやってくるであろうことは十分に予期していた。

そして、図らずも、また気分が重苦しくなってきた。

「またかヨ！」

彼は大きく地団駄を踏んだ。それによって舗道が割れそうな勢いで……。

ほんの少し前までは、見慣れぬこの町に親しみを感じて、少し気を取り直したばかりだというのに……。

「この忌まわしい訳の分からない重たい気持ちを即刻葬り去りたい！」という怒りの気持ちが、彼の腹の底から沸々と湧いてきた。その正体を、この目で確認したいとさえ思った。見ている人はいないはずだ。彼は周囲を見渡して、周りに人気のないことを確認した。

「ふざけるな！　人を馬鹿にするな！」

彼は憤りを覚え、不甲斐ないもう一人の自分を罵倒し、ついでに道路に転がっていた街路樹の切れ端を思い切り蹴飛ばした。

元来、彼は短気な性格であった。一見、大人しいタイプのようではあるが、頭に血が上ると、なかなか収まらない性分だ。

どうにも我慢することができずに、大声を張り上げ、その辺の電信柱に蹴りを入れようとした。しかし、かろうじて残っていた彼の自制心の方に軍配が上がった。

彼は、自身の内面への呵責で多少気を良くした。溜まっていたストレスを吐き出したような爽快感が残った。しかし、明らかに彼は、大きく動揺していた。


路地を左側に曲がると、二、三軒の飲み屋が並んでいた。その中の一つに、「純」という紫色の看板を立てた店が目に入った。こぢんまりとしたスナックではあるが、彼は何とはなしにこの店に入ることに決めた。

どこかの映画館で、この店と同じ名前の邦画を観たことがあったので、その記憶が無意識のうちに働いて、この店を選んだのかもしれない。週末の夜だというのに、人影はない。

生一は、ようやく酒が飲めるという安堵の思いで全身の力が抜け、ゆっくりと店のドアを開けたのだった。

入ってみると、予想通り、こぢんまりとした店であった。カウンターの他に、白い丸いテーブル席が、間隔を空けて二つ置かれていた。

壁の色や調度品の色具合から、一〇年以上は経過している感じではあったが、隅々まできちんと手入れが行き届いて、清潔感がある。

壁に掛けられた山羊のブロンズ像が、壁に小さな影をつくり出し、その明暗がふんわりと優しい印象を与えていた。さらに、夜のとばりを演出するスローなジャズが静かに流れ、その美しいピアノの旋律は、大人の雰囲気を醸し出すには十分であった。

一つの丸いテーブルには先客が五人ほどいて、楽しそうに語らいながら飲んでいた。他には客はいない。

生一は、誰もいないカウンターの真ん中の席を取ることにした。先客のテーブルから三メートルほど離れた所である。初めて立ち寄った店でもあり、集団から少し距離を置きたい気持ちが強かった。見知らぬ人と打ち解けて雑談するような気分には、とてもなれなかったのである。

すかさず一人の女性がカウンターの端の方から、生一に向かって近寄ってきた。ここのママであろう。他には、店員らしき姿が見受けられなかったからである。

女性は初めて見る客の顔に、少し興味を持ったふうの視線を投げ掛けながら「いらっしゃいませ」と言って、カウンターの席にドシンと重そうに座った生一に、そっと熱いおしぼりを手渡した。そして、水の入った切子のグラスをチョイと生一の前のテーブルに置いた。

「何になさいます？」と、ニコニコしながら彼女は注文を聞いた。

あまり特徴のない声ではあったが、屈託のない笑顔がよく似合い、明るい人となりであることが、すぐに分かった。

「ここのママさんですか？」と、彼は聞いてみた。

「そうですよ」と、コクリと頷きながら女性は答えた。

「少し濃いめの水割りをお願いします。それと軽くおつまみを」と、彼は躊躇せずに答えた。店を探す前から決めていたオーダーであった。

彼は酒なら何でもいけた。ただ、今日は水割り一本でいこうと決めていた。水割りの持つ味と酔いが、心地良くさせてくれるに違いないと思ったからだ。

ママの身長は一五五センチくらい。色白で、眼は細めで、下半身がややぽっちゃりとした女性であった。軽くウェーブがかかった薄茶色の髪を肩まで伸ばしていた。滑らかなボディラインが引き立つVネックの白いワンピースを着ている。首に掛けた金のネックレスが白い服に映え、上品さをさらに引き立てていた。

「分かりました」と、ママは穏やかな表情で軽く会釈をして、生一のもとから離れた。

彼はちらっと丸いテーブルのお客の方へ目をやった。時折大きな声でワイワイと騒いでいる。

男性ばかり五人で、皆、四〇代と見えた。今はジョッキで生ビールを飲んでいる。話の内容から、工業高校時代のラグビー部の仲間らしかった。だから、皆、がっちりとした身体付きなのか、と生一は感じた。五人とも、ジーパンというラフな格好だ。

一人だけ長身の男性がいるのだが、おそらく今日のグループの中心人物だろう。他のメンバーの目配りや言葉のやり取りで間違いないと、生一はすぐに感じ取った。

「はい、お待ちどうさま……」

ママが注文した水割りとおつまみを、そっとカウンターに置いたので、彼はママの方に視線を戻した。

「このお店は、もう何年くらい開いていますか？」との彼の問いに、ママは天井を見上げ、少し考えながら「そうね……、かれこれ今年で一一年目になるかな……おたく、どちらから？」

彼は自分の想像した通りだなと思った。

「八王子に住んでいますよ。ちょうど仕事の帰りですけどね。今日は仕事がうまくいかなかったので、疲れちゃいましたよ」と言って、ママの前で深い溜め息を吐いた。

彼は今日の仕事に時間がかかり、遅くなってしまったことや、どうも精神的に疲れて滅入ってしまっていること、飲んだ後は、近くのビジネスホテルに一泊する予定であることなどを、かいつまんでママに説明した。

「まあ、人生いろいろありますからね」と、彼の労をねぎらうかのようにママが優しく答えた。

そして、彼女の透き通るような肌の右の掌で、生一の肩を軽くポンと叩き、温かな笑顔を彼に投げ掛けてみせた。嫌味のない明るいママの笑顔だった。彼はママの今の笑顔で、今日の疲れが一気に吹っ飛んでいくような感じを覚えた。

なんだかこの店のママが救いの女神に思えてきた。実際、沈んでいた彼の心が自然に和んでいった。

ママとは初対面であったが、一目見た時から強い親近感を抱いたのだった。生きていると、そのように感じる出会いは、少なからずあるものだ。

ママの年齢は、母親とほぼ同世代の五〇代半ばくらいではなかろうかと生一は思う。指輪がないので、既婚者かどうかは不明だ。既婚者ではあっても、あえて指輪を外しているケースもあるから、そのへんはなんとも言えないが。

生一は、「今日の彼の女神」を静かに目で追う。そうすることで、彼の気が紛れた。

一方、生一の後ろの五人の客たちは、カラオケを歌うでもなく、ひたすら途切れることのない会話に熱中していた。おそらく、久しぶりに再会したのであろう。それぞれの近況や、この場にはいない旧友たちの噂話で盛り上がっているようであった。

また、お酒に飲まれるタイプの人間もいないようで、強いて言えば、長身の男性の顔が赤らんでいるのが目立つ程度であった。時折、喚くように騒いではいるが、生一が耳障りだと思うほどではなかった。

店内には、相変わらず静かなジャズの調べが流れていた。ビル・エバンズ、ミシェル・

カミロ、チェット・ベーカー……。アンディー・ウィリアムズの『マイ・ファニー・バレンタイン』は、彼のお気に入りの曲であった。

相性の合いそうなママ（女神）と、居心地の良い店の雰囲気とかすかな酔いとの相乗効果で、生一の気分は解放的なものに様変わりしていた。そして、この店を選んだ自分の第六感に、「よくやった」と言いたくなった。

と同時に、彼の頭の中は、この店のママと仲江とを比べる、という衝動に駆られたのである。無論、悪戯心からではあったのだが。

二人の年齢はかけ離れてはいる。今日、初めて立ち寄った店のママと、婚約者とを比較するのはおかしな話ではあるが、一女性として対比してみるのも悪くないな、と彼はひそかに思うのであった。

彼は、楽しいことを考えることによって、今日の仕事を早く忘れたかったのである。

婚約者の仲江とは、大学の先輩・後輩の間柄で、サークルも一緒であった。交際は大学時代から続いており、今年で五年目になる。仲江は、女性にしては長身で一七〇センチの上背があり、細身の体形である。

社長令嬢にふさわしく、上品なタイプではあったが、庶民的な感覚も持ち合わせていた。贅沢なところを表に出す女性ではなかったし、仕事柄もあろうが、金銭感覚もしっかりしていた。

交際期間も長いので、お互いを熟知していたし、二人の間に隠し事は何一つなかった。相思相愛であることも、間違いのない事実であった。近づく結婚式に向かって忙しいながらも、幸福をその都度感じている二人であった。

一方、この店のママの方はどうか？

水割りをお代わりした時が、ママを判定する絶好のチャンスだった。生一に限りなく接近した時に、例えば顔のほくろの位置やその数とか、遠目からでは把握することができない彼女の身体の特徴が、つぶさに分かる。

生一には、ママは男性を惹きつける強いオーラを持っているように思えるのだった。まずは屈託のない笑顔がいい。誰にでも公平に振りまいて好感を持たれているだろうと想像できる笑顔だ。若い時は、その笑顔で誤解を呼んだことも多かったのではなかろうか？

セックスアピールが強い女性だ。彼女が持つしなやかなイメージと、色白なこと、腰からお尻のラインは、かなり魅力的に思えた。

あとは、年齢や豊富な経験も影響しているのであろうが、咄嗟に相手を判断して応対する態度であったり、言葉遣いであったり、きめ細やかな優しさを生一は感じ取っていた。美人といえる容貌ではなかった。しかし、男性本能をくすぐる彼女の魅力が、そんな一般論を無意味にしていた。

生一は、フィアンセの仲江とママの体形を頭の中で対比してみた。彼の好みからいえば、ママの方に分があった。生一は、彼の母親のような大きめのお尻を持った女性がタイプであった。

幼い時から母が常に視界にいて、時には激しい喧嘩もしたが、日々の生活で完全に密着していた親子関係だからこそ、自然に生まれた理想像なのかもしれない。

そのため生一が、恋愛の対象としての女性で最初に見るのは、決まって下半身からであった。過去に付き合ってきた数人の女性の中で、仲江以外はそういった身体の持ち主であり、円滑なセックスにも恵まれた。

ただ、フィアンセの仲江は、内面で結ばれた唯一の女性といってよかった。日々の忙しい仕事と、その合間を縫っての仲江との長年の交際。

そんな中、ふいに立ち寄った店のママは、生一の好みの体形をしており、酔いの相乗効果も手伝って、妙に新鮮で魅力的な女性に思えてきたのだった。

白いワンピースの内にあるものを、全てさらけ出してほしいと願った。

「まだ他にも彼女の隠れた部分が、きっとあるはずだ」

生一は、ママから目が離せなくなり、次第に深みにはまってゆく自分を感じていた。そのため、飲むピッチが、次第に早くなっていった。そうではなくても、もとよりお酒に浸ろうと決めていた夜であった。

アルコールが身体に深く浸透するにつれて、生一から見える彼女の姿は、次第に妖艶なものへと変わっていったのだった。

ここまで欲情してしまうと、ママに対する強い衝動の念を抑えるのが、かなり困難な状況になってくるのを感じた。

「これはまずい。お酒が効き過ぎたか?」と、内心で防御壁を張る必要があるのを彼は察した。

「ママ、お手洗いはどちらになりますか?」と、五人の客の相手をしている最中のママに尋ねて、トイレへと向かったのだった。

それは、ママに対する心の整理もあった。トイレから出る際、壁の山羊と目が合った。

「おい、お前。あまり飲み過ぎるなよ！」と、生一に向かって、山羊が忠告しているようであった。

冷静な心に戻るように衝動を抑え、一旦リセットして、再びカウンター席に足元を確認しながらゆっくりと座った。そして、胸元から気晴らし用の煙草を取り出した。

それを待っていたかのように、ママが近づいてきた。ママは、いかにも高級そうなライターに火を点けて、そっと彼の口元に運んでくれた。

ほのかな柑橘系の香水の香りが、煙草の匂いと混ざり合い、煙の向こう側にいるママの白い指が光って見えた。

「ママ、お酒のお代わりを」

「そんなに飲んで大丈夫？」

「今日は、とことん飲みたいから……」

「だって、もう一三杯目よ」

「そこをなんとか、よろしくお頼み申します」

クスッとママの顔から、あの笑みがこぼれた。別に、笑いを取ろうとした言葉ではなかった。確かに酔いが回り、ぼちぼち彼の限界値に近づいてきていた。

再び水割りの入ったグラスが、テーブルの上にそっと置かれた。一口だけ口に運び、酔って麻酔の効いた頭で、今日という日を振り返ってみた。満足できない仕事内容だった。得体の知れない重たい気持ちが、今日の彼をずっと支配していた。

そして、ひどい醜態をさらしてしまった。おそらくは、まだ仕事が身に付いていなかった新入社員時代に遡るほどの痛恨の仕事の内容であった。けれども、新人当時は、先輩社員らが傍らにいて補佐をしてくれた。

入社して三年目を迎えた生一は、上司の信頼も厚く、今年から独り立ちをスタートし、これまで無難にこなしてきていたのである。これまで至って順風満帆な道のりだった。

それだけに、今後もこんな悔しい思いをしたら堪らないと、見えない悪魔の所在が気になり、不安は増すばかりであった。

反面、今日ほど、お酒のありがたさを感じた日もなかったのである。彼の中では、今日の不愉快な出来事を河の洪水とすれば、お酒とママのおかげで、それを小川に変じさせることができたのだから。

「大丈夫？」

ママが、生一の酔い具合が気になり一声掛けた。身近で、ママの吐息が切なく、そして優しく生一の顔を覆った。

生一は、ママの優しさをありがたく思い、まじまじと食い入るようにママの顔を見つめた。ピンク色の口紅を薄く塗った彼女の唇が濡れて光っていた。

生一は、ママとのランデブーをひそかに楽しむことはできないものか、と再び思いを巡らすのであった。

（三）「老人」

男は、老人の隣の席が空いているのを確認し、老人に向かって少し微笑みながらゆっくりと腰を落とした。

その老人は、少しはにかんだような笑いをうっすらと頬に浮かべて、「すうーっ」と溜め息を天井に向かって吐いた。色黒の冷酷そうな顔をしている老人である。

いかにも古ぼけた分厚い茶褐色のコートを、椅子の背もたれに掛け、上は白いセーターを着て、下は温かそうなベージュのズボンを穿いていた。見たところ、かなりがっしりとした体形ではなかろうか。座っているので、背丈までは分からないが、髪はきれいな白髪であり、真ん中で分けていた。どことなく、西部劇に出てくる老いぼれ爺さんであった。

男は、この老人に半ば好奇心を抱いて、注文したチャーシュー麺の汁をすすった。一〇分くらい経ったであろうか。

男は、ふと自分の腕時計がないのに気がついた。自分のポケットの中を探そうとしたが、それをためらい、隣の老人に尋ねてみようかしらと思いたった。

この冷酷そうな顔をした老人が、果たしてどんな声で、そしてどのような対応をするのか、興味を持ったからでもあった。

店の外は、もう真っ暗であった。空には、星が燦燦と輝いているのがよく分かった。

男は、老人の顔をチラッと見て、ラーメンの麺が老人の口の中にない状態を確認して聞いてみた。

「あのー、失礼ですが、今何時でしょうか?」と、静かに老人に尋ねた。

すると、老人はチラッと男の方を向いたのだが、また視線を逸らしてしまった。

「きっと、ハッキリ聞こえなかったに違いない」

男は不安を抱いて再び尋ねた。

四秒から五秒経ってから、掌に持った割り箸をどんぶりの上にそっと置き、少し怪訝そうな顔をして老人はこう言った。

「ここには、時がないでしょうに……」と、ポツリと。

顔に似合わず、優しそうな滑らかな声であった。しかし、「ここには、時がないでしょうに」とは、どういう意味なのであろうか。

「人を馬鹿にするにもほどがある。なんていう老人だ。人が真面目に時間を尋ねているというのに……」

男は、少し腹が立ってきた。元来短気な性格である彼は、頼んだビールをグッと飲み干して、マイルドセブンに火を点けた。

そして、煙草を吸いながら彼は思った。

「やっぱり、俺が思っていた通りの奇妙なご老体だったか」

男は、サッと席を立った。ここのラーメン屋の主人に時間を尋ねれば、簡単に済むことではあった。しかし、隣の老人の吐いた言葉に腹が立って、男はこの場をすぐに立ち去りたかったのである。

「お勘定、お願い」

「ありがとうございました。えーと、チャーシューとビールでしたね」

釣り銭を店の主人から片手で受け取りながら、男はチラッと老人の顔を見た。すると、その老人も男の顔を見て、なぜか煙草のヤニの着いた歯を見せ、声もなくニタニタと笑ってみせたのである。

その瞬間、男は背筋に何か不吉なものが走るのを感じ取ったのだった。

「いったい、何を意味しているのだろう……あの不吉な笑いは？」

男は、半ば金縛りにでもあったような硬直した心の状態で、ガラガラッと戸を開け、ラーメン屋の暖簾をくぐり出た。

さすがに師走とあって、外はかなりの冷え込みようである。雪こそ降っていないが、肌を刺すようなしんしんとした冷たさである。男は思わずブルッと身震いをして、両手をコートの中に突っ込んだ。

そして、再び思った。

「しかし、あの老人を見た時の不吉な感じは、何だったのだろうか。そして、あの意味不明な言葉も……。この俺に、何を言おうとしたのだろうか？」

男は、再び煙草を取り出し、旨そうに一服した。煙草の煙がやけに目に染みて、無性に涙が出てきて仕方がなかった。男は、指で目をこすりながら「今日は変だ」と呟いた。

いつもと変わらぬ平凡な日ではあるが、なぜか不思議な胸騒ぎを感じるのであった。時折そよぐ冷たい風が、どこからか寂し気な犬の遠吠えを運んでくる。男は、ふと立ち止まり、小石を軽く蹴った。コロコロコロ……と蹴った小石の音まで、彼の心の不安を誘引させるのであった。

このまま家に向かってしまっては、わだかまりが増すばかりだと彼は思った。

それにしても、あの老人の呟いた「ここには、時がないでしょうに……」とは、どういう意味だったのだろうか。

あんな言葉を聞いたから、全ての歯車が狂ってしまったように思えてきた。あの老人と、たまたま出会ってしまった己の運の悪さを悔いた。

こうなると、是が非にでも今の時間を知りたくなってきた。

男は見当たらなかった腕時計のありかが気になり、着ている服のあらゆるポケットの中を探り出した。しかし、腕時計は見つからなかった。記憶を辿っても、思い当たるところは浮かばなかった。

「時がない？　どこか異次元の世界にでも迷い込んだというのか！　バカバカしい」

ポケットの中を調べている時、男の名刺が舗道に落ちてしまったが、男は気づく様子もなかった。落とした名刺にはこう書かれていた。

「〇〇〇保険株式会社
営業部2課
〇〇　生一」

やるせない気持ちの処理もできないまま、男は夜空を仰いだ。
今晩は満月だった。その満月の光が、切れ切れの細長い雲を照らしていた。

(四)「幻　想」

月が巨大なドームのように思えた。
こんなに月に接近したことを、誰が信じてくれるというのだろう。
男は、満月の下の細長い雲の上に乗っかっていたのだった。雲上の人になって、これから何が起こるのか、皆目見当がつかないでいた。

そもそも、こんな現実離れした光景などあろうはずもなく、まったく男の知らない、とんでもない未知の場所へ迷い込んでしまったのか、悪い夢を見ているかの、どちらかだなと悟っていた。

男は、かなりの虚脱感を覚え、ぐったりとしていた。そして、男の身体の至るところからは、ジュージューと白い煙が噴き出していた。虚脱感は、ここから来ているのかもしれないと、彼は咄嗟に思った。

身体のエネルギーが蒸発しているかのようであった。男を乗せている雲の動きはかなり遅いか、ほとんど動いていないように感じられた。

男は、煌々とした月光に閉口し、それも我慢の限度に近づいていた。このまま、こんな状態が続くと全エネルギーが消耗してしまうのではないか、という不安が彼の頭をよぎった。

男は、ちょっとした雲間から、ふと下を覗いてみた。すると、ちょうど真下辺りに、規模はさほど大きくはないが、池のようなものが目に入ってきた。水面が月の光に反射して、それと分かったのである。男は、咄嗟に「しめた」と思った。

その池の周りは草原らしい。

「雲の動きもないようだから、思い切って飛び降りてみようかしら。どうせ見知らぬ世界か、悪い夢の中の話だから、死に至ることはあるまい」

男は雲の上から飛び降りることについて、いささかの躊躇も抱かなかった。元来、高所恐怖症の彼にしては、あり得ない話ではある。

男は覚悟を決め、さっと空に飛び出し、真っ逆さまに一つの焦点を目指して堕ちていったのである。不思議なことに落ちている最中でも冷静を保っており、恐怖心は皆無であったといってよかったし、落下するスピードも、かなり遅いものであった。

が、果たして、男の採った行動が正しかったのであろうか?

男の乗っていた雲の上から、池の存在は確認することができたのだが、その池の周りにいる物体までは見通せなかったのである。

男は、自分の採った行動が大いに責めるべきものであったことに途中から気づいた。しかし、時はすでに遅かったのである。男の身体は、もうすでに地上に達しようとしていた。

そして、男は見た。池の周りの不気味な生き物を。

池の周りには、四匹の巨大な鬼たちが、男の堕ちてくるのをじっと眺めているではないか。その身の丈は、優に一丈六尺（約五・二メートル）はあろうか。

赤鬼に青鬼、黒鬼に黄鬼が、池の周りを取り囲んでいたのである。

さらに、男が鬼たちのいる少し頭上で見たのは、明らかに自分の結末の無残さを思わずにはいられない物であった。

四匹の鬼たちの、それぞれの後方には、鬼たちがこれから使用するに違いないナイフにフォーク、スティックといった食器が用意されていた。それらは使用する鬼の体形に比例して、実に大きい物であったのだ。それぞれが、優に二尺（約六六センチ）くらいの長さがあるように思えた。

それらの食器は、月の光に反射して鈍い光を放っていた。男には、鬼たちの意図が十分に分かりきっていた。男が池に堕ちたら、まず長く先の尖ったスティックで男の身体をジワジワと痛めつけ、次にスプーンで男の身体をチョイとすくい上げることであろう。

次に男の身体が、すっぽり収まるディッシュの上に荒々しく置き、鈍い光を発したナイフとフォークで、ゆっくりと八つ裂きにして、最終的には鬼たちの血生臭い口の中へ運ぶに違いない。残忍な鬼たちのことである。男の生肉の一片たりとも、真っ赤な生き血の一滴たりとも残さず平らげてしまうであろう。

男の纏っている服は、後で鬼たちの口を拭くナプキンの代わりになるのかもしれない。鬼たちにとっては、男の身体は最高の美食となるはずである。

逆境に立たされている男には、もはやなす術はなかった。夢なら、即刻醒めてくれと願った。あの鬼たちに、むざむざとこの身体を捧げなくてはならないのであろうか？　男には、ゆっくりと思案する暇も許されなかった。

「嗚呼《ああ》ーっ」

男はついに、池の中に真っ逆さまに堕ちてしまった。

ドボーンと音がし、高い水しぶきが上がり、その波紋が池中に広がった。その音から推察するに、池の深さは程々あった。

その瞬間に男の命の火は消えかかり、深く沈んだ男の身体を待ちわびる鬼たちの口からは、唾液がダラダラと滴り落ちた。

しかし、奇跡が起こった。上空からかなりの速度で池に堕ちたはずの男だったが、大したダメージも受けず、そして今もしっかりと生きているのであった。

とても、理屈では考えられない現象であった。池の中に堕ちた男の身体は、瞬時には水面に浮き上がらず、そのため、男はできる限りもがいて、抵抗を試みようと決意した。

男は、水中でそっと目を開けてみた。しかし、何も見えなかった。そこは、暗黒の世界であった。男は自分の頭が果たして水面側なのか、それとも底の方向を向いているのかも判別がつかない状態に陥っていた。けれど少し経って、その疑問も解消された。

「もう、ダメだ！　臨終だ」

男は絶句した。少しでも下の方に向かおうと懸命に努力をしてみたが、もはや男には、そんな体力は残っていなかった。男の身体は浮力によって、徐々に水面に向かっている。

差し込む月のわずかな明かりが、次第に明るくなっていた。

とてつもない絶望感が、男の胸をギュッと締め付けた。上方がみるみる明るくなって、水面がわずか二、三メートルのところまで迫ってきた。

月の光は、ついにあの恐るべき鬼たちを再び現出させてしまった。黄色い鬼の身体が、くっきりと見えている。赤鬼が、何かしきりに騒いで動いている。

男の身体は、ついには水面から現れてしまった。男は溺れまいと、平泳ぎをしながらゆっくりと鬼たちに視線を当てた。やはり身の毛のよだつ形相であり、巨体であった。

「やめてくれ！」

「ここは、どこですか？」

「やめてくれ！　お願いだ！」

「ワッハッハ……」

「ワッハッハ……」

鬼たちが、愉快そうに笑いだした。到底男の願いなど聞く耳を持たないといったふうで、まず赤鬼が男に向かって怒鳴り散らした。

「貴様、ここは地獄だぞ。地獄の苦しみを今から見せてくれん。貴様のような奴は、うんと苦しめてから食いちぎってやるわ。それが、ここのしきたりじゃあ」

なんと恐ろしい声であったことか。男は、その声を聞いて、身震いが止まらないでいる。さらに、男の四方から、金色に光るぎらついた目が男を金縛りにしている。

そして、どの鬼の牙からも、信じられない量のよだれが垂れ落ち、それは池の水に数々の波紋をつくっていた。

すると、今度は黒鬼が男に向かって叫んだ。

「見るがよいぞ！　この池の水は、全て貴様のような罪人を迎えるたびに、我らが流したよだれの結晶じゃあ。今日、貴様がここに来たことによって、ますます、この池の水嵩も増すことじゃろうて……。クックククク」

男は、その話を聞いて、強い吐き気を幾度となく催した。そのたびに、鬼たちの不気味な笑い声が男の耳を突くのであった。

確かに、この池の水は、身体にまとわりついて粘着力が強い。そのため男は、容易に手足を動かすことができなかった。

けれど、粘着力が強いのは、池の上部の層のみであることを男は知っていた。雲から落下した時、下の層では真水と同じくらいの状態であることを体感していたからである。

男は、かすかに息が切れてきた。

「さてさて、煮て食おうか、焼いて食おうか、楽しみじゃのう」

「ちょっと待ってください。なぜ、私はこのような所にいなければいけないのでしょうか？　私が、何をしたというのでしょうか？　どうか、お助けください」

「黙れ！　貴様は、もう死人じゃて。前の世での振る舞い、決して許すわけにはいかぬ。いくら詫びても無理じゃて。この地獄で苦しめ。苦しめ。罪は重いぞ。フッフフフフ」

「どうか、お助けを」

「ならぬ！」

赤鬼が、ついにフォークを片手に持ったのだった。残りの鬼たちは、皆どっかりと腕を組んで座り込み、状況を見つめる態勢だ。

生暖かい風が、そよそよと草原の草木を揺らしている。そして、相変わらず上空には、月が強い光を放っているが、男の乗っかっていたあの細長い雲は、いつの間にか遠く流されていた。

「我らは、この地獄の番人じゃ。悪い所業をしてきた輩には、こうして天罰が下されるのじゃあ。今から罪を悔いても手遅れじゃあ。諦めて我らの餌食になるがよい」

フォークを持った赤鬼の形相が、より険しくなり、鋭い眼光が男を貫いた。右手にあったフォークを両手で持ち直した赤鬼は、両手を頭上高く上げ、ものすごい勢いで振り下ろした。空を切って、赤鬼が持つフォークの刃先が、男を目指して迫ってきた。

男は、イチかバチかの手段を咄嗟に考えた。平泳ぎで、その場を凌いでいた男は、仰向けになった。フォークの動きを見やすい状態にした男は、フォークの刃先の位置と、自分の両足の部分の位置関係を瞬時に確認した。

刃先が迫って、串刺しにされる瞬間に、男は両足を大きく広げ、迫ったフォークの刃先を太ももで挟み、身体をねじりながら赤鬼の両手目掛けて池の水を吹きかけた。

イチかバチかの男の捨て身の策であった。

「ヌッ、オッオオオオッ」赤鬼のけたたましい、悲鳴とも取れる雄叫びが辺り一面を覆った。

赤鬼は、男の奇襲に、すこぶる驚愕した。未だ経験したことのない瞬間であった。確実に餌食になるはずの獲物だった。フォークで串刺しにし、ナイフで男の五体を切り刻み、食いちぎり、その生暖かい生き血をスープ替わりにする予定であった。仲間と、一片も残さず平らげるはずの獲物だったのだ。

まさに、想定外の一瞬の出来事であった。男にフォークの刃先を両足で挟まれ、身体をねじられ、なおかつ、自分たちの垂らしたよだれによって、フォークを持つ手が、わずかに滑ってしまった。そして、握っていたフォークを男に分捕られてしまったのである。

鬼たちの慌てふためく声が飛び交った。黒鬼は別のフォークを手に持ち、青鬼はスティックを抱え、男に顔を近づけてきたのだった。

しかし男は、赤鬼から奪ったフォークを両手に持ち替え、フォークの重さを利用して真っ逆さまに水中へ潜り、水面から離れていったのである。鬼たちの怒号が、上の方から一瞬聞こえた。

雲から落ちた際には、この池は底無し池ではないかと思われた。案の定、勢いよく沈んではいても、底には至らないでいた。暗黒で視界の効かなかった所も、銀色に光るフォークとフォークの刃先から生じている水の泡とが反射して、ある程度の明るさは保持できていた。

息が続いていることや、水圧も感じないでいられるのは、すでに男が死人であることから理解できよう。

さて、これから男は、どうなるのであろうか？　新たなる地獄の番人が、待ち構えているとでもいうのであろうか？

男は、黒鬼の言葉が気になっていた。黒鬼は、男に対して罪人と言った。しかし、罪人呼ばわりされる過去の記憶も、死に至った経緯すらも思い出せないでいたのである。必死にフォークにしがみついている男は、さらなる暗黒の世界に堕ち込んでいったのである。

地獄とも、来世とも、判別の付かない狭間の中で。

（五）「安　堵」

ママは白い掌で、彼の右の肩をトントンと幾度も叩いた。

「ねーッ、起きて、起きてよ」

泥酔していた生一は、なかなか目を覚ませないでいたが、ママがカウンターのテーブルにうなだれた彼の頭を撫でた瞬間に、やっとのことで目を開けたのだった。

そして、開口一番、彼はこう呟いた。

「あいつらぁ、なんて奴らだ……」

「あいつらって……」

「ふざけんなよぉ！」と言って、今までいた客のテーブルの方を指差した。

しかし、その客たちは、すでに店を出ていた。生一は、いきなり強い口調になってしまった自分を悔いた。酒も相当身体に残っていた。

「ああ、あのお客さんたち？　いやだわぁ、もうとっくにお帰りになりましたよ。残っているのはあなただけよ」

「…………」

「あの人たちが、どうしたの？」

ママは、苛ついている生一をなだめるように尋ねた。

「僕、時間が気になったから、このお店の時計を見ようとしたら、あいにく時計が目に入らなくて……。それで、ママに時間を聞いたわけですよ。そしたら、あいつらクスクスと声を出して笑いだしてさあ。何がおかしくて、あんな馬鹿にした笑い方をするのかなあ？まったく失礼ですよ。あまり頭にきたから『何がおかしいのですか？』って、思わず怒鳴ってしまったわけですよ。そしたら、あいつら、ものも言わないで、冷たい目つきで僕を睨んでさぁ……」

それを聞いたママは、唖然とした表情になって、「あらっ？　確かにあなたは、私に時間を尋ねたけど……。その時は、もう酔っぱらっちゃって、カウンターに顔を埋めながら私に時間を聞いたのよ。それにあなたは、あの人たちと、たったの一度も会話はしていませんでしたよ」

「えっ、本当ですか？」

「本当ですよ。人に時間を聞くなり、あなた、いびきをかきだして、眠りこけてしまったんじゃあないですか。おまけに、なんだかよく分からないことを言って、唸っていましたよ」

そう言って、ママは笑いながら彼に腕時計を差し出した。

「これ、トイレに忘れていたわよ。あなたのでしょ？」

「……そうです。申し訳ない」

この時点で、生一の長い悪夢の始まりの始点が分かったと、彼は深く認識した。そして、彼がこの場にこうしていることに、言い様のない深い安堵の念が込み上げてきたのだった。当然、今の彼の気持ちをママが理解するはずもないが。

あの怪しい言葉を発した老人は、もういない。恐ろしい鬼たちに怯える必要は、もうない。そして、死人ではなく、自分は現にここに、こうして生きているではないか。

ここは地獄でも、来世でもないのだ。鬼たちが口にした悪い所業についても、まったく身に覚えのない事実無根の話なのだ。

飲む前の、言葉では、うまく言い表すことができない重たい気持ちは、積もりに積もったストレスが起因になっての結果だったのかもしれないし、自身では自覚していない軽い鬱の状態だったのかもしれないのだ。

「そうそう、お店の時計は壊れちゃったから、今修理に出しているところなのよ」

生一は、ママから手渡された自分の腕時計を、宝物を触るかのようにゆっくりと腕に着けた。

　この時計は、フィアンセの伸江と一緒に、ハワイ旅行に行った際に購入したお気に入りの一品であった。生一は、ちらっと時間を確認した。午前二時を回っていた。

「ママ、ここの店は、何時までですか?」

「いいのよ、気にしないで。今日はお疲れだったみたいだから、もう少し付き合ってあげる」

「すみません。それに、きつい言い方をしてしまって」

「いいわよ。誰にでもよくあることだし。この商売が長いから慣れっこになっているしね」と言って、ママは一旦彼の傍から離れ、お冷やと熱いおしぼりを生一に手渡したのだった。

　人当たりの良いママに、ずいぶんと迷惑を掛けた思いで、生一は恐縮の念が込み上げてきた。

「ありがとうございます」と言って、切子のグラスに入った水をぐいと飲み干した。深い悪夢に翻弄され苛まれ、自分自身が何なのか分からず、懐疑の霧に覆われていた生一にとっては、とてつもなくおいしく、ありがたい一杯であった。

「酔っぱらって、他に何かしませんでした？」

「仲江さん？　フィアンセの方……」

「はい」

「もうすぐ結婚されるんでしょ？　大切にしておあげなさいよ」

「あれ？　僕、婚約者の名前、言いましたっけ？」

「ええっ、言いましたとも……。仲江のお尻より、ママのお尻の方が好きだって。大きくてセクシーだってね」

「見えない絆」

人と人の絆は、どこで、どう繋がっているのか分からない。

運命論で片づけるべきか……。

見えない糸の仕業か、あるいは久遠からの固い契りなのか。

それとも、偶然のなせる所作なのか。

昨日までの他人が、今日は知人となる。


愛を語る恋人ともなり、家族ともなり、子どもが生まれ、人と人との連鎖は繋がっていく。

私は、そういった人の連鎖からは案外縁遠い人間だ。

燃え盛る緑の葉の中に隠れた枯れ葉だ。

そっと突っ立つ田んぼの中の案山子だ。

私は定年を間近に控え、一人住まいをしている。
気ままで自由がある……確かにそうだ。
けれど身の周りに、助け舟になってくれる人がいない。
将来、孤独死の可能性も皆無ではなかろう。
現に、日夜朝暮に孤独虫がガンガン喚いている。

選んで今の立場になったのか、意に反した形の今の立場なのか？
正直、私自身でもよく分からない。
人生、その舵取りの判断に迷う時が多々ある。
私の周りにも人は、たくさんいる。
職場も多人数だ。
けれど、強い絆で繋がっている人はいない。
外れた鎹《かすがい》か、錆びかけた鎖だ。

愛の対象と甘美な言葉を交わしたのも、とんと久しい夢物語である。

もうそんな日々は、ひょっとして来ないのかもしれない。


これでは深い森林の中に身を投じている場合と、さして差がないのかもしれない。

考えようによっては、小鳥のさえずりや、山水のせせらぎや、木々の葉の色付いた様など、そっちの方が、周りと同化して心が落ち着くのかもしれないし、心地良いのかもしれない。そこには、人に左右されない心の拠りどころがあるのかもしれない……。


人と人の絆は、どこで、どう繋がっているのか分からない。

到底あり得ないであろう奇跡の出会いを、私は一度経験している。

私がよく買い出しに立ち寄っていたスーパーのレジ係に、他の女性と同じ仕事着を着ているのに、ひときわ清潔感を放っている女性がいた。

ちょうど広い田んぼの中に、真綿色をした一羽の白鷺がポツンと立っているかのような感じだ。その清潔感は、どこから来るものなのか分からなかったが、次第に私は、そのスーパーに買い出しに行く回数が増え、その都度、その女性を目で追い求めるようになっていった。

言葉では言い表すことができない何か、目には見えない不思議な力に引き寄せられているような感じを覚えた。

興味心が湧き出てからは、その女性の担当するレジに並ぶことに決めた。

その女性は「田口」という苗字だった。そのうちに、田口さんの勤務する時間帯や働く曜日も次第に分かるようになり、あえて田口さんの出勤日に買い出しに行くよう心掛けた。

私は、完璧に一目惚れの状態に陥っていた。そんな状態が数年続いた。奥手の私は、レジの後ろに並んでいる買い物客のことが気になり、彼女にゆっくりと話をすることができないままだった。

田口さんは、おそらく自分と同じ世代で、既婚者である可能性が大きかった。けれど、彼女の指には指輪がないことは、すでに承知していた。その事実が、私の期待感をより高揚させたりもしていた。

ちょうど同じ頃、世界中の人が集うツイッターの世界に、私は深くのめり込んでもいた。

最初は、自身の体験に基づく心の雄叫びを必死に呟いていたのであるが、そのうちに一目惚れした田口さんのことをひそかに想い、愛の詩をツイートするのが日課となっていった。

その日、スーパーで出会った彼女を想い起こして、即興で恋愛の詩をツイートしたりもした。そうすることで、女性に奥手の私が、自由に愛を告白することができたし、ツイッターに参加している人たちに共感の輪が広がるであろうと信じていた。

また、田口さんとは別に、ツイッター上の持ちつ持たれつの相互フォローの関係で、惹かれた女性が数人いた。その中の一人の呟く詩に、ある日魅了された。

その女性のツイートは、時に神道の世界にも言及し、私のことを「ソウル＝（魂）様」と表現されることもたびたびあった。神の世界に傾注している女性であった。

詩の内容から、自分も彼女も独身であり、片想いの相手がいることも同じであるのが分かった。

私の中で、二人の女性が同時進行の形で大きくクローズアップされてきた。おそらく、住んでいる家も近いであろう片田舎に住んでいる田口さんと、あと一人は、ツイッター上の世界でしか、その存在を確認することができない、名前も住所も年齢も分からない相互フォローしている女性の二人だ。

私は、二人の魅惑的な女性の出現に、自然と心地良い酔いにさらされているような感じを味わっていた。その杯には均等に、二人からトクトクと良い音を立てて、お神酒が注がれるのであった。

けれど、それでは絵に描いた餅に等しかった。現実に一歩踏み込んで、田口さんにアタックしてみよう、という気持ちが次第に高まっていった。

彼女が、ひょっとして独身の可能性もないわけではない。アタックして駄目なら本望だ。私はツイッターで、自分の正直な気持ちを幾度となく発信して、自身の士気を高ぶらせたのである。

私は、田口さんにメモ書きを渡して、こちらの気持ちを伝えようと決めた。残り少なくなってきている己の人生に、少しの悔恨も残したくはなかった。

「もし、結婚をされていないようでしたら、お付き合いをしてほしい……この返事を後日聞かせてください」といった旨のメモ書きを認めた。

私は年を重ねても、元来の恥ずかしがり屋な本質は変わってはいなかった。

メモ書きを持ちながらも、渡すタイミングに躊躇し、本人を目の前にしてためらい、三、四度日を変えた末に、ようやく彼女にメモを渡せたのだった。

いずれにしても、気持ちは伝えた。数年がかりで恋い焦がれてきた相手だった。

田口さんに渡したメモの返事を聞きたくて後日、期待半分諦め半分で田口さんのいるレジに並んだ。こちらからは、あえて声は掛けまいと相手の言葉をさりげなく待っていた。ただ、それだけの作戦だった。

けれど、数回通っても、彼女からの返事はなかった。その時点で、私の彼女に対する恋愛の火は、立ち消えたと判断した。「ひょっとしたら、相手に変な印象を与えたかもしれない」とも思った。

このスーパーでの買い出しは、もとより田口さん目当ての部分が大きかった。見切りをつけた私は、そこから買い出しをする店を変える方向を選んだ。身を引くのは早いタイプだし、いつまでも未練を残すタイプでもなく、未練の尾をいつまでも引くことだけは避けたかった。

恋愛の縁が薄く、恋愛音痴。それに追い打ちをかけて、恋愛を必死に求めようとしない自分への当然の帰着点だと判断を下した。そして、本来の自分に戻ったのだ、と自分に駄目出しをし、決着をつけたのだった。

心の中にぽっかりと穴が空いた私を、素直な気持ちで支えてくれたのは、やはりツイッターの存在であった。すぐさまくじけた想いを詩にまとめ、ツイートした。

人と人の絆は、どこで、どう繋がっているのか分からない。

そこに、意外な展開が待ち構えていた。それは驚愕に値する出来事であった。

「忘れたわけではない。ただ他に楽しみたいことを見つけたから、今はまだ……」

それは、相互フォローしているあの女性からのツイートであった。メモのことには触れてはいないが、明らかに自分のメモへの回答だ、と即座に感じ取った。わずかな点を汲み拾い、見逃さずに感じ取り、両者がまさしく同一人物で間違いない、という確信に至った。

ここに、未だ経験したことのない奇跡の出会いが浮き彫りにされた。

人と人の絆は、どこで、どう繋がっているのか分からない。

世界中の多くの女性も参加しているツイッターで、一人の女性に強い関心を持ち、互いに詩を媒介に触発し合った。

一方、現実生活では、田口さんという女性への、深い片想いに陥ってしまった。

しかし、実は、その片想いの相手の田口さんは、ツイッターでコンタクトしている女性本人であった、という結末である。


わずか二万人足らずの片田舎の地域に住んでいる二人の偶然の出会いがあり、私の片想いの状態に発展し、ツイッターの世界では、当の本人とは知らずに愛の告白をしていた。

彼女から身を引いた私は後日、新たな旅立ちの詩を発信した。

奇跡の出会いの終焉である。

長く時間を要した恋物語であった。

田口さんのツイートで、僕に宛てたであろう言葉が即座に返ってきた。

「私は、あなたがどこの誰だか知っている。……あなたの選んだ道だから好きなことをすれば良い……。でも、たった一人で、これから、どうやって生きていくの?」

彼女の方も理解していた。

彼女の方が、より神がかり的な察知力の持ち主だったのかもしれない。

第二章　短歌

「ツイッター」

曇天の
己が心を
かき消すは
見果てぬ君の
筆と舞いかな

「**薄命**」

裏山の
名残を願う
蝉時雨
朝な夕なに
渾身の唄

「炎」

季節来て
色付く紅葉
赤黄色
燃えるばかりの
色さへ優し

「忘却」

長雨の
ここかしこにか
降りにけり
今のしずくよ
どこにあるらむ

「**前兆**」

晩春の
露に濡れたる
花びらの
此処《ここ》も彼処《かしこ》も
風に揺れたる

「越冬」

冬来り
如何にするのか
越冬の
我が魂は
恋に飢えたり

「私園」

モッコクの木
家は栄えし
人の云う
我は一人で
見果てぬ夢か

「山登り」

旅人の
背中は重し
ため息の
明日の光を
憂いて眠る

第三章　詩篇

Ⅰ　恋情

「珠玉の光」

今はもうボンヤリして力の無い光を放っている一つの珠玉がいる
じっとして動かず私の胸の中にいる
右にも左にも動かず、前後にも動かない
只、じっとしているだけだ
かろうじて存在してくれてはいたが、まるで曇りガラス越しに見ているかの様なボンヤリとした弱い光を灯している
私的には弱いレベルの最下位の星から二番目位の明るさだ
私に刺激を与えるのでもなく、それどころかやっとその存在を確認出来る程度で、それ程私の胸の奥の更に奥の方にポツンといるだけの存在だ
気づかなければ通り過ぎてしまう程のレベルだ

けれどその珠玉は一寸たりとも私から遠ざかった事はない
ずっと長い間私と繋がっている
否、実は私が引き留めているというのが本音だ
「じっとしてここにいて！　ここにいて！　ここにいて！」と
多分、相手は私の存在を知ってはいるが快くは思ってはいないであろう
私が一方的に導き入れたのだから……
そう、近くにいて遠い存在なのだ
その珠玉が誕生したのは今からもう二十数年前の事だ

放つ光はとても小さく柔和な光だったが悠々とした生命力がある様であった
しかし反面、何かの拍子で壊れてしまいそうなガラス玉の様な存在でもあった
目にした人はその珠玉を見ては称え、その光の恩恵を授かりたいと思ったのだった
その位その珠玉は周りの人に愛され受け入れられていた

ところがある日、邪な光を放つ別の玉がふいに近くに現れた
グラグラグラとけたたましい音を立てながら……
どす黒い鳥肌が立つ様な何とも言い様のない玉であった
珠玉の優に三倍はあるかと思われる程の大きさで、その玉の放つ怪しげな光は日に日に大きくなっていった
黒い玉が現れてからは平穏だった環境に異変が生じてきた
家庭内不和・暴力・病・いざこざと今まで波風が立たない環境に逆風が吹く様になってきた
周りの人の心の中は殺気立ち、酒の力を借りて暴力を振るう者や喚き散らす人さえいた
そして珠玉の放つ光は黒い玉の出す光に次第に呑み込まれていってしまった
清く美しいものに嫉妬は付き物である

周りの人達に快く受け入れられ、放つ光で安堵と安らぎと希望を与えた珠玉
その珠玉は、ある日こっそりと一人の女性の手によって遠い所へ移され、その女性は再び顔を見せる事はなかった
勿論、当の珠玉自体もその日を境として人々の目に触れる事は無かったのである

けれども私の心の中ではその球玉は輝き乱舞し徐々に成長していた
あっちに転んではこっちに転んでやって来る、いとも可愛らしい球体であった
私の心のグラウンドで一緒にキャッチボールをし、鬼ごっこもし、駆けっこもして遊んだ
お互いギブアップをするまで
特にソフトテニスは上手かった
声を掛ければ一緒にワーワーと遊んでくれる可愛い球体であった
私はそんな珠玉が愛おしく思え、居なくなってからも暫くの間は心の中で思い出をそっと
温めていた
そして、寂しくなった時に心の引き出しからその球体を取り出していたのである

今はもうボンヤリして力の無い光を放っている一つの珠玉
じっとして動かず私の胸の中にいる
私には触れられたくはないかもしれない
無慈悲なくそったれ野郎と蔑まれているかもしれない
そうだ……実際に私はそんな人間だ！
その類の人間だ！

珠玉と別れてから長い年月が過ぎていきました
今更、懺悔の言葉など吐いてもお笑い種です
私は遂に覚悟しました

胸の中の愛おしい珠玉を手放し、そして忘れようと
未練など決して残さぬ様に気丈でいようと
それが今の私に少しだけ残っている親心かもしれません

「abandon」

たじろぐ気持ちをごそっと一挙に捨て
外側からベールの様に覆い隠している羞恥心って奴も封じ込め
そして、あーだこーだと戯言を吐かないで

只、君しかいないのは事実だし
只、君しか見えないのも事実だし
だったらストレートに告白をすれば良い話だヨな

「Last　Love」

おそらくこれが最後になるだろう
燃える様な恋に出会いたい
そう思って日々暮らしている
これ迄の軌跡を考えれば、少しくらい幸のおこぼれを頂いても宜しいかと…………
随分と挫折した
随分と人を羨んできた
随分と舵の方向転換をしようかと悩んできた
それなりの犠牲も払ってきた
私のどこが欠点だったのか
私の生きるべき場所はもう無かったのか？
私だって人間だ
私だって幸せが欲しい
私だって恋がしたいのだ
我慢する為に生きているのでもない
苦労を楽しむ為に生まれてきたのでもない
心から笑える生き方をしたい
おそらくこれが最後になるだろう
燃える様な恋に出会いたい

「unknown」

あの時の愛は何処へ行ったのか
あの時の私はもういない
失われた希望
失われた鎹
背中に哀愁を漂わせ
見果てぬ明日を思う

「カキツバタの咲く頃には」

カキツバタの咲く頃には君が想い出
カキツバタの咲く頃には梅雨も明け、初夏の空
君と散策したあの湿地帯
薄っすらと汗を掻き、花びら模様のハンカチで
僕の汗をぬぐってくれたあの日よ

カキツバタの咲く頃には
…………、嗚呼、君は元気でしょうか?
そっと垂れ下がった紫色のその花びらには
数滴の雨露がとどまって
落ちそうで落ちないその露は、日の光に輝いてまるで妖精の様で
空にはもくもく雲が浮かび出し

カキツバタの咲く頃には
君が残していったあの想い出を
そっと、そっと育んでいるのです

「この秋に思う」

この秋を満喫したい
未知なる山道に足を運び
冷たくなった沢に足を踏み入れ
美の追求に埋没したい
いくつの出会いがあるのかな？
杉木立から漏れる日の光と青空
山間を流れる清い沢のせせらぎに
そこに生息している沢蟹君や野兎やニホンカモシカ
そして清澄な空気に響く鳥のさえずり

栗・アケビ・柿・イチジク・山芋……拾えたら良いな
きっと芳醇な香りと懐かしい味がするだろうなあ
幼い日の思い出と重複して金の思い出作りが出来るだろうな

存分に山の世界を楽しんだら、もう一つの収穫が出来たら良いなあ
それは君との恋の収穫さ
願わくは、あの人にもう少し近づく事が出来たなら
もっと会話をする事が出来たのなら、こんな最高な秋は無いのになあ

この秋に永遠のロマンスを語りたい
もう一人では寂しいから
永遠の繋がりを信じたい
もう別れは悲しいから
そう、もう一歩踏み出したい
あの人のいる所へ

「メモ」

そこの机の上に置いておきます
随分と短いメモ書きだけれど
今の僕の精一杯の気持ちで書いたんです
あなたに伝わるだろうか
上っ面だけではないこの僕の気持ちが

「これから」

人として今を生きて
人として悩み・苦しみ・泣き・笑ってなどしています
人として多分生きている時間がまだあるだろうから
いや、ある筈だから……
人としてこれからはあなたを愛し続けたい
いや、愛し続けよう
今度は間違いなく幸せを感じたい
人として
人として
只、普通に幸せになりたいのです

「したため」

天の下のぞっこんラブ
竜も天空に登ると言う
この想い、僕はメモにしたためて有頂天まで登ろうか
あの竜の様に
天の下のぞっこんラブ
遥か彼方ではなく鉄橋のすぐ近くに
貴女はいるのだから

「ヌード」

丸裸の愛
虚飾を全て取り払った丸裸の愛
それが理想だ
飾りは要らない
名声や見栄も要らない
只、丸裸にしたあなただけを観てみたい
あのミケランジェロの彫刻の様に……

そこから見えるあなたをあなたとして観てみたい
そして、感じたい、信じたい、愛したいのだ

丸裸になったあなたは、最後は白いシルクのシーツで身を包み
微笑みながら白鳥の様に優雅に乱舞してくれるのです
そして、私はあなたと手と手を取り合って愛の賛歌を歌うのです

「ラッキー」

疲れ果てた時、こう思う
貴女に巡り会えて本当に良かったと
たとえ小さな言葉の端にも
優しい貴女の気持ちが伝わる
たとえ小さな笑いにも
曇天をかき消す様な光が差し込んで来る
貴女に巡り会えて本当に良かったと

「繋がり」

すぐ間近に貴女が見えなくても良い
何故なら、僕には貴女を感じ取る事が出来るから
何だろう？　スピリチュアルな関係……ツインレイとか？
初めて貴女を見た時も何かを感じていた
貴女一人が輝いて見えた
何回か顔を拝見している内に、貴女の気持ちが分かる様になった
おそらく大勢の人の中にいる、貴女の存在の有無を察知する事が出来るかも知れない
元来、何かを心でキャッチしてしまうタイプではある
目には見えない魂の領域の話である事に間違いはない
それは、僕の体の奥底が認めている
こんな体験は初めてだ
こんな出会いも初めてだ
仮にツインレイ同士の出会いだったとしても、その恋が上手く行くとは限らない
逆に離れてしまう事だってある
魂を揺さぶる出会い
僕は内面を大切にして生きる人間だ
だから今の現実に繋がりを求めたい
心と心の繋がりを大切にしたい

「ロマン」

雲上の星
山の端の虹の始点
秘境の温泉
飽くなきロマンを追い続け、併せて現実に根を下ろす
それがたとえ疲弊する程の困難を伴っていても構わない
今、僕が追い求めている最大のロマンとは、すぐ傍にいる存在かもしれない
仮にそのロマンを獲得したら、
同時に僕のロマンへの追求の旅は一旦停止するだろう
そんな気がする

「愛の滴」

ある愛の滴を無くしてしまった
何処かに置き忘れた訳でもない
落としてきた訳でもない
日差しが強かった訳でもない

ある愛の滴を無くしてしまった
ずっと掌の上に乗せ
大切に大切に守ってきたというのに
誰のせいでもなく、全ては私自身の不甲斐なさのせいなのだ
あの滴はもう再び生き返る事は無い
とても綺麗で透き通っていた愛の滴だったのに

「一足す一」

貴女の事は知っている
断片を継ぎ足したイメージだけど何とか貴女の全体像が一つにまとまった
貴女の事は知っている
一つには、貴女と私との見えない深い繋がりは、絶対に否定する事が出来ない
それはお互いがこの世に生まれる前からの未知の契約だ
だから、貴女が近くに居なくても貴女の存在を感じ取る事が出来てしまう
もう一つは貴女の持っている才能だ
貴女は類まれな天女の詩人だ
奥深く人を引き付ける魅力がある
それらを理解し、貴女に心からの応援歌を送る
そして、二つがプラスの方向に動き、一つになって欲しいと念じる
そうなった時、私との協和音が奏でられる
寸分も違わない見事な協和音を奏でる事であろう
そうなった時、貴女と私は結ばれる
そうならなかった時、貴女は未知の契約を不履行する事となる
貴女は天女の詩人だけで終わってしまう
すなわち貴女は私の前から去って行く事になる

「一片の言葉」

たった一片の言葉を掛けたい
私なんぞ
取るに足りない人間だけれども
それでも良いから
たった一片の言葉を掛けたい

たった一片の言葉を掛けたい
私なんぞ
知識も無く、頭の回転も鈍く、生来無口で、人の為になる事をした覚えが乏しくて
けれど、たった一片の言葉をあなたに掛けたい
あなたにだけ掛けたい
かなりたどたどしい言葉にはなってしまうと思うけれど
あなたを思う僕の言葉を伝えたい
たった一度で良いから伝えたい

「遠吠え」

若い頃は人生に落ちこぼれ
愛の所在は知らず
只々、形の無い空想の中にそれは横たわっていた
愛を知った時、同時にそのはかなさも知った
そのやるせなさは犬の遠吠えの様に心に響いていた
いつまでも、いつまでも切なく響いていた

「遠目」

いつも遠目に貴女の姿を追っていた
気づかないふりをして少しずつ貴女との距離を詰めていった
手探り状態から始まった片想いの恋
最初は、只のぼせていただけの一方通行の恋だった
何ら周りと変わらぬ恋だった
しかし、日を追うごとに貴女の真実が徐々に見え始めてきた
最初はその事を心の中でずっと否定し、或いは黙殺してきた
しかし、思いも寄らぬ奇跡の出会いの存在を認めない訳にはいかなくなった
一瞬、立ちすくんだ
けれど脳裏に浮かぶ出来事の一つ一つを繋ぎ合わせれば、間違いなくそういう結論に至るのであった
数ある恋の形の中でも極、稀なものではないかと空を見上げた
望んでも二度とは起こらないであろう出会いの形であった
お互いの見えない内なる魂もおそらく共振していた事であろう
互いの魂の触発で知った恋でもあった

それから、私に恋の甲斐性が無いが為に、無為に幾つかの季節が過ぎ去っていった
奇跡の出会いに対する対処法に手をこまねいていたのかもしれない
ただ単に生まれながらの恥ずかしがり屋さんの顔が覗いていただけの事だったのかもしれ

ない
ある日、貴女に思い切って私の胸の思いを打ち明けた
その結果にはある程度の自信があった
嫌な魂のグラッキも事前に感じてはいなかった
しかし、結果は望み通りにはならなかった
結局、貴女は本質を語らないまま去って行ってしまった
それが至極残念でならない
本質を語る事が貴女にとってどんなデメリットになったのか？
私としては正直に語り合い、笑顔で別れたかったのに……
秋の到来を肌で感じる今宵は
膝を抱えて深々と物思いに耽る
脳裏に見え隠れしているものは、この世界で繋がり感動を覚えた貴女の横顔だ
実際は実らなかった恋だ＝悶々……

再び何処かで出会う事もあるであろう
それまでは、孤独なこの身が小さな箱舟に乗って恋の川路を渡るのだ
次は見知らぬ誰かと

「温もり」

あなたとは
ほんの些細なすれ違いで、ギクシャクしてしまっているけれど
僕には分かるんだ
常にあなたが、傍に寄り添っていてくれているって事が

例えば、寂しさに打ち震えながらブランコに乗っている時に
あなたが隣のブランコに居てくれるかの様に
一人映画館でどっぷりと悲しみに耽っている時に
あなたが後ろの席から僕の肩をポンと叩いてくれるかの様に
そうさ、二人はあのサクランボの様にいつも一緒だった筈さ
人から羨望される二人だったに違いない

今の僕にとっては、瑠璃色の国土なんてどうでも良い
永遠の生命も要らない
財産も要らない
只、二人の溝を修復してくれる接着剤があればそれで良いし、それで事は足りるのだ
僕は、あなたが居てくれればそれで満足なのだから

「望み」

万年の枯渇と孤独に苛まれ
けれど貴女の為に生き
貴女の為に働ける
そんな肝の据わった恋が欲しい

「仮面舞踏会」

曇天の空が憂鬱を誘う
あの愛に戯れた私の記憶も、降り出した雨に浸って存在感の無いグレー色のガラクタと化してしまった
あれだけ貴女を追い求めてきた僕なのに
あれだけ貴女との甘い語らいを夢見た筈の僕なのに
あなたを追い求めた日々が、まるで陽炎のようにぼやけて立ち去って行ってしまう

嗚呼、マイナスのファクターが覆い被さる今の世は、何を糧にして生きていけば良いのだろうか？
疑心暗鬼に陥ってしまった人間は、その見定めるべき対象すら分からないでいる
何かに怯えてそっと仮面を付けて生きているようだ
そう、其処にいるあなたも……

「課題」

誠の愛の住所を私は知らない
だから誤配達や指定日時に遅れたりするんだ
日々、やるせない気持ちでいつも心の中はパンパンなのさ
私を私として受け入れてくれる存在
それを探し出す事
そして、そこの住所をしっかりと書き控えておく事
それが私の今後の課題なんだ

「回顧」

真夜中の雄叫び
半月が空に踊り出ている、風の穏やかな早春、明るく寂しげな海岸

あの人との愛を信じ幸せを抱き続けたここ数年の日々
しかし、あれ程までに夢見た思いは、つい先だっての束の間の会話で終止符が打たれた
これまでそっと温め続けてきたあの人への思いは、この浜辺の砂の下に深く埋め込み
打ち寄せる波にも顕わにならない様に砂盛りも施した
しかし、それでも微塵《みじん》のしみったれた思いが残っていたから、引き返す波の頂にそいつを
乗せ遠い海原まで追いやる作業もした
そう、全く心に余韻が残らない様にね

愛とは不確かな感情のもつれ
愛とは片方の大きな勘違いの産物
愛とは生きている証を感じさせてくれるもの
愛とは傷心の結末の一人宿のお酒

年老いた己の回顧録はずしりと重く
あの半月が消え失せようとも時足らずとも思え
誰の姿も見えないこの浜辺で

私の発する歌声が虚しく響き、波に溶け込んでいくのであった

「気持ち」

僕の心安らぐ魂の居場所は、多分上手くは言えないけれど、
あなたの所だとはっきりと感じるよ

I need you
この気持ち分かるかい？
I need you
僕の過去は織物を染める時の様に綺麗に水に流したよ

［Feeling］

My peace of mind my soul's whereabouts are probably not good, but I definitely feel you.

I need you,

Do you understand this feeling?

I need you,

My past was so beautiful that it was poured into the water like dyeing a fabric.

「貴女へ」

一番不幸を感じた人が
一番幸せになる権利がある
それでないと不公平だ
地獄の様ばかり見ていてはいけない
貴女には不釣り合いだ
どんよりと梅雨が長引いているけれど、やがて梅雨も明ける
かび臭い部屋にも良風は入り来る
暗夜も長くは続かない
日はまた昇る
冬もやがて春になる
二転三転は世の常だ
この世の法則かもしれない
深い悲しみはそっと傍らに置いておいて
僕と同じ方向の道を、一緒に歩いてみませんか？
今すぐさっと起きなくても構わないから、まずはゆっくりとしていて下さい
波風を避ける事も限りなく必要ですから、僕が貴女の防風林になりますからね

「求愛」

あの頃はひたすら恋を追い求めていた
雑草の中に埋もれた宝物を探すかの様に

恋に出会い
そして、喜びも束の間、恋に破綻した
求愛にはもじもじと時間が掛かり、失恋は寸劇の様に淡泊だった
好きだけではどうにもならない現実に
ピエロの様に顔を隠して笑うしかなかった
泣くしかなかった

「見えざる力」

何かに導かれた様な感じだ
何処の誰なのか分からない
何かに引き寄せられている感じだ
時々凄く感じる只ならぬインスピレーション……
邪悪な陰影ではない
訳の分からないパワーでもない
相手は艶《なまめ》かしくふくよかな女性だ
しかももの凄く近い距離に存在していて、こちらの心の波動を敏感に感じ取っている
強い愛の力を発している
もの凄く強い愛の力を感じる
しかし、その存在は今のところこちらの視界には入ってこない
けれど、何かの糸で結ばれている事だけは理解出来る

「見直し」

貴女と巡り会えて本当に良かった
今、至宝の時間を刻んでいる
生きる喜びを感じている
偶然？　必然？
貴女に巡り会えて本当に良かった
人生まんざらでもない

貴女は私に勇気の道を教えてくれる
今日も、そして明日も
多分、貴女はこの事に気づいてはいないであろう
でもそれで良いんだ
今はこの気持ちをそっと心の奥底にしまっておきたいからね

この僕が人生の喜びを感じる事が出来た
今を嬉々として生きている
感動だ！　奇跡だ！
貴女に巡り会えて本当に良かった

「元の鞘」

温もりが欲しかっただけだ
孤独が嫌いになった訳ではない
優しい言葉、優しい声を聞きたかっただけだ
そして、まどろみ、添い寝をしたかった
それだけだ

笑顔を見たかっただけだ
しゃべらない生活が嫌いになった訳ではない
たまには、たわいもない会話、とぼけたお笑いの話をしてみたかっただけだ
そして、一緒に同じメニューの昼食を食べたかった
一緒にミニドライブを楽しみたかった
それだけだ
それだけの事であり、それ以上、それ以下の下心は何もない
それが終われば、黙って元の生活に戻るだけの事だったのさ

「枯渇」

恋の枯渇に苛まれ
一人寂しく月を観る
あの胸騒ぎの日々はもう戻らない
あの眠れない日々は帰らない
只、寂しく月日が過ぎていくだけだ
只、悲しく年齢を重ねるだけだ

恋の枯渇に苛まれ
一人寂しく海を観る
あの嫉妬した日々はもう戻らない
あの涙した日々は帰らない
嗚呼、いつの間にか白髪が増えてしまった
嗚呼、ふとした拍子に躓く年齢に差し掛かってしまった

「行燈の先」

この部屋にはとても高貴な香りが漂っていました
未だかつて経験した事のない香りでした
その出どころが気になり、私は暗い部屋の隅々まで見渡そうとしました
けれど、暗闇の為それは不可能でした
私は傍らに一つの行燈があるのに気づき、そっと灯を灯しました
すると行燈の先には魅惑の存在が浮かび上がってきたのです
艶《なまめ》かしい一人の女性がそっとそこに座っていたのです
その瞬間にただならぬ繋がりを感じました
強い稲妻の光に当たった様な衝撃を受けました
その女性は私が今までに体感した中で、何処の誰よりも強いオーラを放っていたのです
そして、初めて出会ったというのに強い親近感を覚えたのです
「どうかされましたか？」
すると女性は私にそっと言いました
「どうかこの部屋の灯りは点けないでそのままにしておいて下さい。オロオロと泣いている姿は見せたくはありませんから……。くしゃくしゃになった顔を見せたくはありませんから……。この真新しい畳の上に落ちた涙の数滴がすっかり乾いた頃、部屋の灯りを点けて下さいな……」
女性はそう言って涙で濡れている顔をそっと拭いました
これが私とこの女性との奇跡の出会いの序奏だという事を後から気づいたのです

「残されたロマン」

籠の中の小鳥が放たれた様に
もう今の僕には束縛されるものは何も無い
でも年齢を少々重ね過ぎた
自由と引き換えに……

でも綺麗な虹を追いかけて行くよ
ロマンは求めて行くよ
この先、虹を掴めるかな？

「ダブル」

幸せになりたいと思う願望
シングルではなくダブルで
幸せになりたいと思う願望
一人ではなくあなたと
あなたは気づいているだろうかその事に

「真夜中の恋物語」

真夜中の恋物語
静かなビーチサイドがその舞台
汐風の中に隠れている仄かな甘い香りに誘われて
蜂が光華な花に誘われるかの様に
あなたは彼女に惹かれていくのです

これまでの愛への不安は拭い去り
己のしみったれた偏見は払い除け
決して振り返らず、甘い香りの元に真っ直ぐ歩いて行けば良い
ほら、彼女はすぐそこにいるのですから
ほら、あなたを待っているのですから……

真夜中の恋物語
彼女のしっとりと濡れた唇
柔らかそうな白い手と「宝香」が香る長い黒髪
この域は未開の園
この域は偶然天使が落としたアバンチュール
さあ、どっぷりと浸かりなさい
さあ、愛の園を体感しなさい

「点と線」

貴女とは、もしかしたら結ばれると感じていた
思わぬ縁を直観したから
有り得ない奇跡めいた出会いだったから
そして、その事はお互いの暗黙の了解だった筈だから

そんな貴女に私は二度のアプローチをした
結果は無残にも予想外の白紙と化した

必ず線になると頑なに信じてきた
小さな粒子が結合して、線になるのだという事を信じて疑わない私が常にいた
しかし、点はあくまで点のままであった
確かに点とは色んな要素を含んでいる
方向性が相反する点は一本にはなり得ない事をここで悟ったのだった

「鍋」

鍋底に落としてしまったものがある
目をつけてじっと眺めていたものなのに
煮えたぎる汁と湯気に覆われてどこにあるのか分からない
探すのを止めようか？
それとも持ち上がるまで頑張ろうか？
けれどそんなにも執着すべき対象だったのだろうか？
見えなくなってしまった貴女への憧れと求愛の日々が

「背中合わせの二人」

相反する質だから所詮は崩れたのかも知れない
同じ海を見ていても、心が通わなかったから砕けてしまったのかも知れない
人と人の結び付きはアンノウン……、クシャクシャに糸がよじれている
人と人の成り行きもアンノウン………、ドロドロな気持ちでみっともない

誰もいがみ合いは好きじゃない
誰も不安は好きじゃない
誰も気まずさは好きじゃない

あの時、同じ花を見て感動した二人なのに
あの時、同じお酒を飲んで戯れた二人なのに

不意に前を素通りした些細な粒のシワ寄せから、
二人は背中合わせの関係になってしまった

誰もいがみ合いは好きじゃない
誰も不安は好きじゃない
誰も気まずさは好きじゃない
誰もいがみ合いは好きじゃない

誰も不安は好きじゃない
誰も気まずさは好きじゃない

けれど、もう戻らないあの日、あの時
いくら時計の針を戻しても、失った心は元には戻らないんだ

「半月の下」

半月が空に躍り出て、至極明るい月夜だ
目前には白波が迫り来る
大きいのやら
小さいのやら
元気のいい奴やら
物静かな奴やら

今宵はあの人を想い、束の間のランデブー
人の雑音を避け、敢えてこの日、この時、この地を選んでみた
雄叫びの舞台は整った……絵に描いた様に完璧にね
この日の為に熱くじっくりと超熟させたあなたへの想いを
大海原に向かって叫ぶのさ
それは私のあの人に対する偽らざる気持ちの再確認の作業

私はあの人を抱擁するに足りる清き五体であるのか？
愛にぶきっちょな私が愛の言葉を流暢に語れるのか？
過去の苦々しい記憶に整理が出来ているのか？
虚偽を語らず真実を隠さず具《つぶさ》に伝える事が出来るのか？
あの人の顔の真正面から堂々と、あの人との視線をそらさずに

想いの言葉を伝えられるのか？
そして、最終的にあの人を幸せにする自信があるのかどうか？

「おいっ、波さんよ！　今の俺ってどんな感じだい？」
中潮の飛沫が目に染みる半月の今宵
上げ潮の波がウェダーをまとった足元に不規則に迫り来る
シュ、シュと振るうロッドの先が何度も空を切る
水を得たミノーが何度も波の向こう側に堕ちていく
魚の釣果など二の次だ
私はあの人のハートを射止めたい
只、それだけだ
半月が空に躍り出ている明るい月夜のランデブー

「別の道」

深い愛の坩堝《るつぼ》に堕ちたい
おそらく最後の恋になるだろうな
仕事中心の人生を駆け抜けてきた
もう、そんな糸にはハサミを入れ
他の道を歩いて行きたい
愛の賛歌を歌いたい

［Another way］

I want to fall in a deep love crucible.

It will probably be the last love.

I've been running through a work-centered life.

I want to put scissors on such a thread and go on another path.

I want to sing a hymn of love.

「別れ」

いつもと違った出来事の後には
とにかく安らぎが欲しいのさ
その安らぎをバネにして
次の羽ばたきへの準備をしたいからね

「偏り」

恋愛については脳裏の中はセピア色だ
恋の突破口に躓いている
人ありき
後ろにも前にも四方にも人はいる
有縁と無縁の狭間で、無縁サイドに偏っている私がいるのだろうか?

「望み」

名誉もお金も要らない
とびきりの長寿なんてことさら要らない
僕が追いかけているのは
少年の頃に抱いていたささやかな夢と
見果てぬ貴女への思いだけだ

「弦」

弾き語るギターの音は寂しくて
深い吐息がその流れを妨げる
時に途絶えてしまう
見えないジンジンとした心の涙が
一滴ギターの弦に滴り落ち
二度・三度と途絶えてしまう
何とはなしに心に問うは
貴女の気持ちの所在の中身だ
その中の私の色は一体何色でしょうか?

「本当の愛」

真新しい愛を捨ててきてしまった
その愛は走馬灯の様に立ち去って行ってしまった
これまでに積み上げてきた、記憶の痕跡の全てを一挙に持ち去ってしまうかの様に
躊躇した私が慌ててその後を追っても無駄骨だった
と同時に残った私には絶句しかなく、惨めで情けなく、喪失感で身も心も空っぽになってしまった
私は、月夜の狼の悲しい遠吠えに似て、ルナティックにしどろもどろの状態で跪くばかりであった
その後、大きな鉛の様な塊がドシンと荒々しく心の奥底に転がり込んできた
そいつは心を三百六十度震わせる厄介な代物だった

およそ男と女の間には、覆い被さる物も大きくて
それに対して何の解決も出来ず、頭を抱えているだけの私だったのかもしれない
踏ん張れずその場から逃げ去ってしまった様なものだ
私は無責任だ
私は獅子身中の虫だ
私は偽善者だ
私は愛の反逆者だ
甘美な愛からスタートした筈が、ふとした小さな歪みが生じ、時間を追うごとにその歪み

の穴は大きくなってしまった
私は、その穴の修繕も出来ずにオロオロするばかりで完全に無力だった

その償いに法という門をくぐり
陳謝し
外からの応援もし
結果、心も完全に疲弊し尽くした
自業自得の末は深い闇夜だ
そこには光さえ差し込まない
人の温かさまで感じ取れないほど心は閉ざし切っていた

私は本当の愛の意味を知る事が出来ずに、愛の本質も分からないままここ迄生きてきた
もはや愛を語る資格は、私には無いのかもしれない
否、最初から黙ってそれを傍観していた方が得策だったのだ
そして、私は悶々とした苦渋に喘ぎ、苦しんでいる内に滔々と年老いてしまった
失った代償は果てしなく大きい
愛……、外側の全てを取り払った末に残るものとは？
私は本当の愛という命題に未だに答えを出せないでいるのだ

「埋没」

愛ある所に舞い降り
愛の滴に喉を潤し
愛の賛歌に酔いしれる
そんなロマンを感じたい
そして、この愛に如意宝珠の宝にでも出くわした様な感動を求めたいのだ

「未練奏」

別れた筈のあなたの鼓動が聞こえる
あなたの吐く吐息の振動と温もりが、未だに強く息づいているのは何故?
しかもこんなに近くで
あなたの持ち物も僕の部屋からは撤収されて皆無なのに
もうとっくにあの頃のカレンダーも全てめくり終わり
時は流れて
真新しいカレンダーに変容しているというのに

只、未だに残っているのはあなたへの未練を奏でる僕の心だけだ
しかし、この響きは相当強い響きである事は間違いない
そして、この一点は簡単には捨てられないよ
ハイネではないけれど再びあなたに愛を語りたい
ショパンではないけれど再びあなたを魅了したい
写楽ではないけれど時には奇抜なアイデアであなたの心をくすぐりたい
こんな妄想に取りつかれています
別れた筈のあなたの鼓動が聞こえるのはきっとこの為でしょうか

「霧」

深い霧に包まれた見果てぬ愛への憧れは
まだ眼前には見え隠れはしていないけれど
その存在を疑ってはいない
何故ならその存在をしっかりと察知出来ているから
だからその到来をずっと待っている
これからもずっと
これからも

「恋の冒険者」

バスコ・ダ・ガマではないけれど
貴女の憂鬱そうな顔の原因を探り出そう
コロンブスではないけれど
貴女のため息の瞬間を聞き出そう
マゼランではないけれど
貴女の落とした一滴の涙の所在を探し出そう

自身の身の予定などどうでも良い話だ
そんなものはそっちのけだ
今は航海の地図にも載っていない、貴女を苦しめている要因の在処が分かる地図が欲しいだけだ
その為のコンパスの精度は大丈夫か?
双眼鏡はあるか?
メモ帳はあるか?
髭は剃ってきたか?
ストーカーでないと断言できるか?
自身の気持ちに偽りは無いか?

僕は恋の冒険者さ

人への恋を感じた日には凄くハッピーな気持ちになれるのさ
ラララ……
フフフ……

「恋不肖」

もうとっくに若くはない、晩年の恋に溺れています
私は未だに恋不肖だから、ぶきっちょで手探り的な部分もあるけれど
今のこの恋を大切に育んでいるところです

朝露は葉っぱからすぐには落ちて行きません
お日様が顔を出してから一滴一滴がポツン、ポツンと地面に滴り落ちて行きます
それまではじっと我慢をして美を演出してくれています

私は一滴の恋の滴をとても大切にしています
その滴から生じた波紋は、まるで琴の音を奏でる時の様にたおやかに心に響きます
そしてこの私をことさらに優しく癒してくれるのです
温かく見守ってくれているのです

Ⅱ

労《いたず》き

「コロナ」

世界中がどす黒い闇に覆われています
希望の光は全く差し込んでは来ません
奇怪で邪悪な無慈悲な類のものです
世界中が閉口しています
世界中の人々が病に冒され、命を絶ってしまう方も大勢います
経済は閉ざされ遮断され、失業者が蔓延《はびこ》りました
まさしく異常事態です
まさしく緊急事態です
希望も夢も遥か彼方に遠ざかった様な感があります

そんな中で私は、私なりの生き方を選んで生きていこうと決めた
周りの情報や参考書は度外視して……
私は二つの生き方を自分自身に提示した
一つは、こんな悲劇の時代に突入したからには
私は私の経験値から取って置きの重宝な道具を取り出して
その光明で人生の見方・生き方を私なりに百八十度軌道修正させようと
それは私自身の暗闇を照らす松明になるかもしれない
その道具とは、長い波乱の歩みの挙句に残された思わぬ私個人の産物かもしれない
道具の中には風雨にさらされていた時の労苦と気概、涙と蘇生の薬とそして

当時私を支えてくれた方の慈愛などがたんまりと含まれているのです
首の皮一枚で土俵際に残った男の魂が含まれているのです
そして私も思いも寄らない人生街道を歩いてきた一人間として、想定外の事態に対して、
形は変われど長い年月をかけて克服したという経験値があるのです
コロナは人類を陥れるもの
そして、私の場合は生き抜く為の個人に限定された個の戦いなのです

またもう一つの新たな生き方とは、自然の中に埋没し自然の声を聞こうと思っています
気を鎮め良き風、良き日当たり、良き恵みを求め
庭のバラに肥料を施し、水を与え
自然に包まれ、小鳥のさえずりに耳を貸そう
少年の頃訪れたあの滝つぼにも再び行ってみよう
この季節を逆に幸せ色に変えて謳歌する為に
この季節から私は幸せになろう

周りの悪質な悪戯はほとんど拍子抜けで
レベルの低い愚かな輩には幸は無く
そして、関わりたくも無く
それらには間違いなく歴史の厳しい裁断が下されよう

この季節から私は幸せになろう

他ならぬ私自身の人生だから
私だけの人生なのだから

「そんな事言ったって」

そんな事言ったって
生きていたいのだ……こんな状況でも
そんな事言ったって
病人なんだよ……この俺は
そんな事言ったって
明日が見えないんだよ……今のこの俺には
そんな事言ったって
居場所が無いんだよ……都会にも、故郷にも
そんな事言ったって
どうやって生きていくのさ？　How to……
そんな事言ったって
こんな頭が乗っかっていちゃあ……話にならないよ！
そんな事言ったって
誰が降ろしてくれるのさ……瓦礫の一杯詰まったこのリュックサックを？
そんな事言ったって
誰がこの苦しみを分かるってんだあー
そんな事言ったって
生きていたいのだ……こんな状況でも
そんな事言ったって

病人なんだよ……この俺は
そんな事言ったって
そんな事言ったってさあ……

「餌食」

あの頃はタバコばかり吸っていた
ヘビースモーカーだった
私にとって缶コーヒーとタバコは食事以上に大切な代物であった
内面的な病の増幅は喫煙と比例するのか？
あてもなく歩き続けた
延々と歩みを止められないでいた
その都度、タバコばかりを吹かしていた
見えざる病魔の視線に釘付けにされて、がんじがらめの状態だった
それから逃れようとしていた
所謂、恐怖症の餌食に成り下がっていたあの時の私がいた
私の人差し指と中指はタバコのヤニで変色していた
奇怪な一時期だった
在ってはならない一時期だった

「若き狂気の園」

高校時代、授業を欠席して一人孤独に切った紙切れを使い
コタツの上のテーブルで紙相撲に興じて架空の力士の勝ち負けに没頭していた
手でちぎった紙切れが、どれくらい風に乗って飛距離が出るのかを
うつろな眼で何時間も見つめていた
こんな日が三年間で数か月も続いた
おびただしい紙切れが家の裏庭に散らかっていた
狂気の赤点印の紙がそこには散らかっていた
イカレテいた
倦んでいた
閉じ籠もっていた
己心の妄想に耽って快感を得ていた
来客があれば押し入れに隠れ込むネズミの様な所作
世間のみんなが俺の悪口を言っていると真剣にそう信じ込んでいた妄想の輩
人目が怖くて堂々と外に出られはしなかった恐怖症で怯えた輩
たまに外に出れば人は勿論、車も気になった
車が怖く、ひたすら怯えていた
車は金属の殺人鬼に思えた
妄想が更に妄想を呼び、心の病の坩堝にはまった
こんな狂気の時代を超えてきた

こんな狂気の時代を我慢して生きてきた
誰がこんな目に遭わせたのか
それは誰の責任でもなくて自身の生まれ持った汚れた垢と私は判断を下した
卒業後、一旦家を離れた
私的には生まれ故郷を逃亡した
家を出たのは人目のつかぬ初冬の真っ暗な早朝だ
そんな私の後をひたひたと追ってくる足音があった
私の母親だった
身を案じての事だった
こんな人の中に交われない、いかれちまった輩がどうして今生を生き通せるのだろう
涙が後から後から噴き出した
けれど頑張るぞとはとても言えない
全ての垢に苦しみに耐え、乗り越えなければ自身の明日はない
だから私は息をして生きた
浮き草の様に漂って生きた
その為の時間稼ぎをした
何かしらのきっかけが欲しかったのだ
馬鹿にされ、嘲笑されもしたがそれは当然のシナリオだった
私の狂気の時代に変化の兆しが現れたのは十九の時だった
発病から四年が過ぎていた
ある事がきっかけで無理やり家に強制的に戻される形となった

病は少しも改善されていなかった
何かしらのきっかけが欲しかった私は家の仏壇の前に端座した
残された道は他には無かった
そして、その日からひたすら祈りの時を過ごした
それで自身の見えざる垢がちょっぴり落ちていく感を覚えた
この後も狂気の時代は続いていったが本質が違っていた
前向きな自分に変わっていた
そこからは右往左往しながら、時にはへこたれもしたが私の狂気の時代は徐々に終わりを告げていったのである
自分の垢とほぼ決別するのに十三年の月日が流れようとしていた

「若き人よ」

若人よ
そこの土は如何ですか
良い匂いですか
あの草も花も木も
とってもきれいですね
嗚呼、若人よ
君は幼い日、太陽の光に焼けて、真っ黒になって走りましたね
歌いました
そして学びましたね
清きせせらぎの流れに身を任せ
色付く連峰の色彩と鳥の鳴き声の中で絵を描き
君は自由の国の使いの姿のままでした

けれども冷たい運命の呵責に倒れましたね
辛かった事でしょう
そして、君は全てを失いましたよね
鈍重なる夕日に捧げた詩が急に途絶えたのもちょうどその頃でした
若人よ
そこの土は如何ですか

良い匂いですか
凹凸のこの路線の果てに君は辛酸を舐め
とてもとても大きな人になりましたね
今、君は再び夕日の詩を歌い始めました
そっと静かに美しいハーモニーを奏でるあの日の君が
時間を掛けて帰ってきましたね
へこたれませんでしたね
いよいよ君がこの大空に舞い上がる時だと感じましたよ
どうです……、良い風吹いていますか
それは良い方向からですか
きっとベストな風でしょうね

「終わりのお告げ」

私の命の終わりのお告げが届きました
誰それからというのではなくて
私の身体がそれを訴えています
察知が早い私の事ですから、多分間違いありません

私の命の終わりのお告げが届きました
残念ですが諦めるしかありません
好きだった釣りにも行けません
庭に育てているバラは、これから一体誰が面倒を見てくれるのでしょうか？
今のところ誰もいません
好きな料理も作れませんし、食べられなくなってしまいます

私はこれまで波乱の人生をずっと歩んできました
せめて人生の終わり頃には、ちょっと長生きをして楽しい夢でも見たいと思っていました
が、それも叶いそうにありません
人生とは過酷なものです
思ったようには歩ませてくれません
私の命の終わりのお告げが届きました
それだったら、それに従うより他に方法はありません

私はいたって諦めの早い人間ですから、右手を大きく高く上げて「はい！」と人生の腰掛けから立ち上がります
そして、あの世とやらに行く準備にそそくさと取り掛かります

「準備」

夜のとばりは寂し気に
シトシトシトと怪しげな雨が降っています
あの街にも
あの田んぼのあぜ道にも
お寺の多宝塔の頂点にも
そして、国会議事堂にも
あちらこちらにそんな雨は降っています
その僅かに溜まった水溜まりにも怪しさの余韻がうかがえる程です
壊れた魂の傘などでは到底役には立ちません
今迄とは違った性質の雨なのです

この世は五濁悪世の世の中で悪戯な病が蔓延っています
この世は五濁悪世の世の中で心根のいかれた輩がうんざりと居ます
運悪くちょうどこの時に悪魔とも言うべき代物が表面化したのです
全く新たな物を用意しないといけません
全く新たな身構えをしないといけません
今迄の発想を転換しないといけません
そうしないと身を滅ぼす結果に成りかねません
そうしないと平和が遠のきます

「青春の残骸」

それを拾ったら惨めだ
それを慰めたら惨敗だ
青春とは過酷だ
青春とは無慈悲だ
青春とは地獄だ
私がその犠牲者だ

それを触ったら逃げられる
それを信じたら嘲笑される
青春とは病気だ
青春とは閉じ籠もりだ
青春とは気違いだ
私がその犠牲者だ

「赤い電車」

赤い電車に何度乗ったことだろう
人目を避ける様にして俯いてばかり
青白い顔は病の印だった
あの電車は今も普通に走っている
私の過去の記憶など置き去りにして

波乱・波乱の遠い過去
私は私なりにまた歩みを綴る

「任意保護の少年」

地獄の宿命の渦に呑まれた少年がいます
呑み込んだのは真っ黒で大きな渦です
沈んだら二度と這い上がれない底無しの渦です
彼は心の病を患っています
対人・対物両面の極度の恐怖症に被害妄想も色濃い危険な状態です
誰かがひっきりなしに少年の悪い噂をしている
「あそこの息子は頭がおかしいらしい……」と
誰かが少年を陥れようとしている
誰かが少年の後ろをヒタヒタとつけている
そして少年を陥れる為の糸を何本も何本も準備している
少年の住む家への来客は彼の様子をうかがう地獄からの使者
高校の自転車通学の際にすれ違う車は決まって少年の乗る自転車へ幅寄せをしてくる
すなわち彼を虐めつける地獄の集団、走る凶器
全ての人と車は彼を見張って冷たい視線を投げ掛け、危害を加えるのです
少年の内面はとても哀れで無残な状態です
再起不可能な状態です
少年は自分の病気の事実を家族にも打ち明ける事が出来ませんでした
少年は病院の治療をも受けませんでした
対人恐怖症の顕著な拒否行為です

結局、彼は社会の悲劇の藻屑となっていきました
高校を卒業後、名古屋で予備校生活
三畳一間のアパートは魔に翻弄される牢獄と化しました
更に食パンにマヨネーズを付けての日々の食事は
彼の細い体をより細いものにしていきました
予備校を中退してからの東京での社会人生活は
無残な敗北人、あの世とやらの片道切符の受取人
もぐりのガードマンの会社とパチンコ店の店員
二つとも無断で飛び出し、中央線の座席で視線を落とす流浪の旅人となりました
それでも少年は十五で心の病を発病し、何とか息を繋いでいました

ここに任意保護の少年がいます
年齢は十九歳です
東京のど真ん中
お金も無く
頼るあても無く
結果、自ら出頭して警察の厄介になりました

任意保護の少年がいます
丸の内警察署の牢獄の中で一晩泊まらせて貰い

翌朝は赤いきつねをいただいて食べました
その後、静岡の両親から警察署あてに静岡まで帰る片道分の乗車賃が届きました

任意保護の少年がいます
重度の精神病を患っています
あろうことか彼はそのお金をパチンコで全て使い果たしてしまいました
静岡に帰る位なら死んだ方がましだと思っていました
その思いが全てを上回り、まともな判断が出来ない状態でした
無駄な逃避行と知ってはいましたが……

任意保護の少年がいます
東京で二度目の警察に厄介になり
最後はパトカーに乗せられ東京駅のプラットホームまで警察官に連行されました
小田原・熱海・静岡とこだまの車窓は変わりいき、
その都度少年の心は居ても立っても居られない気分になって行きました
可能であるならば窓をこじ開けて何処かへ逃げ出したい衝動に苛まれました
けれどさすがに逃避行はもう良いのだという諦めの脱力感が心をかすめたのでした
少年の乗ったこだまは遂には浜松駅に到着しました
何人かの鉄道公安員の方が少年の方へ近寄って来ました
「○○さんですね」
本人かどうかの確認である

少年の父親と近隣のお世話になった壮年の方と二人が出迎えに来てくれていました
その後、この少年は数年に及ぶ自らの努力で奇跡的に病気を克服したのです

任意保護の少年がいました………
地獄と黎明の二極を体験した少年でした

「廃人」

廃人手前の人生を生きてきた
廃人手前の辛酸をいっぱい舐めてきた
生きる屍
狂人伝説
焼きはらった宝のアルバム
逃避行の罪人
任意保護の一夜の牢獄
もぐりの警備会社の社員とパチンコ店の店員
生きるというより生かされていた
死ぬ勇気も無かった
十年以上地獄を経験すると腑の抜けた鬱の顔におのずとなるものだ
廃人手前の人生は私の大切な青春を全て奪い去ってしまった
私の人生を百八十度転換させてしまった
莫大に大きな渦に巻き込まれた笹舟の様な私だった

「八王子の勝負」

恩義の念忘れず
八王子は私にとっては悲しみのどん底から蘇生の風を感じ取った街だ
市内東町、我が青春の病からの脱皮の原点の地だ
そこには「M会館」というパチンコ店があった
「チン、ジャラジャラジャラ」「チン、ジャラジャラジャラ」
銀色の無数の玉が台の中を飛び交っている
対人恐怖症の私が客相手の仕事をしていた
「チン、ジャラジャラジャラ」「チン、ジャラジャラジャラ」
当時の私の精神状態であればこの世で生き抜く事は九分九厘無理な状態であり、しかも仕事が加わると尚更の事であった
此処である程度辛抱する事が出来れば、今後の私にも微弱な光があたるかもしれなかった
そういった意味で此処は十九歳の私の本丸の街であり本丸の仕事であった
主に玉同士が詰まって止まってしまっている台の助け舟となる役目だ
壮年・婦人にプロ級の親父さんに、年金暮らしのお年寄り、若い女性に学生さん
年齢層は幅広く賑やかなようではあるが私の捉え方は違っていた
私の場合は人とは心を揺さぶる危険な存在だ
息をして歩いたりする研ぎ澄まされた鋭利な刃物だ
人により神経を極度にすり減らされ、神経衰弱に陥ってしまう

客の呼び出しのサインがあちらこちらで鳴り続ける
「チン、ジャラジャラ」「チン、ジャラジャラジャラ」
「おい、兄さん。こっち、こっち」
ふとした客の動作や漏らした言葉によって妄想が行き交い、病の深みへと招き寄せられそうになる
「こっちへおいで」と病魔が薄ら笑いをして手招きをする
そんな邪念を蹴散らそうと格闘するもう一人の青褪めた表情の私がいる
「チン、ジャラジャラジャラ」「チン、ジャラジャラジャラ」
「バン、バン、バン」短気な客がパチンコ台のガラスを叩く
埋没か蘇生か？　日々自身の内面との格闘を余儀なくされていた
けれどこのM会館には別の側面もあった
店舗の三階は従業員の寮になっており、そこでの従業員の先輩達との触れ合いは人間恐怖症の私ではあったけれど、同じ釜の飯を食べているといった関係からか次第に親近感が芽生え、格好の安らぎの場にもなっていたのである
寮で生活を共にする人達も皆、様々な悩みを抱えているというのが会話の節々で理解出来た
「苦しいのは自分だけじゃあない……」というこれまで己にのみにしかスポットを当てる事が出来なかった私が、他人にまでスポットを当てて考えられるようになれた瞬間でもあった
寮には食事のまかないをしてくれるご婦人もいて、仕事を離れると温かい家族的雰囲気も味わえたのだった

毎日が変化の連続で入店以来、病を抱えた私の内奥はプレッシャーが水嵩を増すかの様に満ちていった
「チン、ジャラジャラジャラ」「チン、ジャラジャラジャラ」
一旦、心に引っかかる要因が出来ると、それを拭い去る事は容易ではなかった
若輩者の私は、店の方々にも随分と気苦労を掛けてしまった
八王子の冬の空の下、静かな悲鳴を心の中で幾度も上げたのであった
それは耐え忍んではいるが堪らず漏らした深い悲鳴だった
こういった類の悲鳴を私はこれまでにどれ程吐き続けてきたのだろうか？
周りの人間には気づく筈も無かったけれど……。
そして、これから何度吐き続けなければいけないのだろうか？

日本の国技出身の敏感な一人の上司は私の病を完全に見抜いていた
ある日、「お前はいつの日か狂乱する」と書かれたメモ書きを、その上司がこっそりと私に手渡した
そのメモ書きされた内容に対しては何も言えず、私の気持ちをしっかり代弁してくれたと素直に感じ取った
けれどこれ迄自分の心の病をひた隠しにして生きてきた私にとっては、根柢の部分を探り当てられたという恥辱感めいた気持ちが一挙に湧き起こってきたのだった
こうなると私の仕事場での行動は触れられたくない部分がもろに監視下に置かれる事になってしまう

案の定、頭の中は真っ白になり身動きが取れず、蝋人形の様に心身が共に硬直化してしまった
この時点で約三か月間のM会館での仕事にピリオドが打たれ、同時に八王子での生活にもピリオドが打たれたのだった
もうこれ以上勤務を遂行する事は不可能な状態になってしまったのだ

かつて上京した際、東京駅の0番乗り場から中央線に乗り換えて八王子に至った
当時の私はビートルズまがいのロング・ヘアーだった
その中央線は当時オレンジ色の電車であった
0の数字はプラスでもなく、マイナスでもなくどちらにでも変化し得る数字だ
私の心の病は発病から約四年が経過しており、負の日々がカレンダーをぎっしりと赤く染めていた
限りなくマイナスの日々がひしめく状態であり、間違ってもプラスの日々が顔を覗かせる事は無かった
カレンダー上の記念日や行事は単なる嫌がらせにしか過ぎなかった
そんな私が0番からスタートした事を思うと感慨もひとしおだ

社会の荒海で生活し、そして悩み苦しみ重度の心の病を背負った人間が、何とか三か月間仕事をする事が出来た（随分と迷惑を掛けてはしまったが……）
自己採点ではあるが三十九点の成績を与えたい
高校生の時は病のお陰で赤点、もしくはギリギリの成績が殆どだった

更にここでの生活は短い期間の負け戦ではなく、生きていく可能性を掴み取った実のある
宝の日々であったと自負している
見た目はやせ細った落人かもしれないが、右手で希望の一本の細い糸をしっかりと掴んで
いた
蜘蛛の糸の様に風になびいてはいたが決して切れる糸ではない
0番の中央線……、私は負の路線をやや克服し、生きる為のゼロの原点に予想外に辿り着
いたのだった

Ⅲ 「追憶」

「秘密兵器」

私は弱い人間だ
私は笑顔の無い人間だ
私は不幸な人間だ
暗い部屋で妄想に耽り、夢を喰いさらうバクだ
妄想から生まれた夢は数多く食べてきた
けれど、現実の私の体型はやせ細りのもやしだ
そして、現実には歯が立たない、いかれたナマケモノだ
だから語らう未来などありゃしない
生活力も無く、着ている服も貧相なものです

私は弱い人間だ
私は枯れ枝にしがみついている生き物みたいなものだ
いかれたナマケモノだ
病の餌食になった悲運の輩だ
枝が折れてしまえばこの世の終わりだ
生気の無い枝にしがみついて寒風にさらされ
灼熱に身を焼き、そこいらのカラスに隙を狙われている毎日だ

こんな私が人間なんぞに生まれてきたのがそもそも間違いで

けれど、生まれてきたからにはその結果を悔いても仕方なく
この際、土俵際の捨て身の技を身に付けるしか術は無く

しかしながら、私は罪深い人間だ
無様で救いようが無い姿を見れば一目瞭然だ
他人と比べても一目瞭然だ
まさしく不幸を絵に描いた様な人間だ
そんな私などが救われる為には
この罪業を綺麗に消し去り、宿業を根底から覆すものでなければならない
それしか道は無い
それしか残された道は無い
そう、漸く命の根底を基調とした哲学がその解決の手段である事に気づいたのです

「病の道程」

霧が立ち込める坂を私は登った
視界のきかない曲がりくねった道は意地悪で小悪魔的に思えた
旅路でもなく
ましてや行脚業でもなく
まぁ、『こんなものさ』と別の自分がたしなめる
行き先の分からない労作業を
目的の分からないまま続けている
されど私の心はそれで可としている

道祖神が真ん中に祭られている二手に分かれた分岐点にぶつかった
何のわだかまりも無く右側の道を選んで進んだ
それより一里程先へ進むと左の方角を示した矢印が書いてある看板に出くわした
そこは従順に左の道を選んだ
私はこれからどこへ行き、何をしようとしているのか
要は只、冷や汗をかいて歩いているだけなのである
一歩も歩みを止められず、ゼイゼイと息が荒くなっています
しかし、棒の様な脚になっても歩き続けなければなりません
人の視線の及ばない道をひたすら歩かねばなりません
社会から隔離されていれば良い

人が近くにいなければ心が平穏でいられます
かと言って病院の看護室などには入れられたくはないのです

目に足が生えた化け物が後から後から追ってきます
二重にも重なった群をなして追ってきます
追ってきて私の視界の入らない所に隠れては
冷たい視線を投げ掛け私の悪口を言って笑っています

「サダルマ・ブンダリーカ・スートラ」
「サダルマ・ブンダリーカ・スートラ」
所詮、この世は仏と魔との戦なのです

「復帰」

きっと何かの歯車が壊れてしまってハンドルの操縦を誤ったんだ
だから新たな歯車を発注して、潤滑油を加えてやればきっと元の道へ戻れると思うよ
それには多少の時間が掛かると思うけれど
そう、背負ってきたものがあまりに大き過ぎたんだ
だから病んで立ち止まってしまったんだよ
大丈夫・大丈夫
さあ、もう少ししたら元の道へ戻ろうか

「無」

何も考えない心
それが幸福
嬉しくも悲しくもない心
それが幸福
空っぽのコップ
それが幸福
丸い風船
それが幸福
思考は悪だ
心の平穏
それが幸福

「妄想の館」

妄想の館には
ウジ虫があちらこちらから湧き上がっていて異臭を放っています
窓を開ければ竹藪に怪しげなカラスがこちらをジッと見つめています
十五歳の僕の使っている部屋は妄想の館です
四方の壁には無数の耳が張り付いていて、僕の息づかいを四六時中聴いています
天井と畳の下には無数の眼が蔓延っていて僕の動きを絶えず監視しています
学習机の引き出しの中には数珠が一つ横たわり
机の上にはムンクの「叫び」がそっと置かれているのです
もう僕には逃げ場はありません
日に日に神経衰弱の状態になっていきます
日に日に心の状態が悪化していきます
僕の前には希望は無く
健康も無く
青春も無く
将来も無く
狂乱の末の終末があるだけなのです

「立川の雪」

精神を病んでいた私は立川に縮んで潜んでいました
地獄の中で生きようとしているのか死のうとしているのか？
そんな迷いも中途半端でよく分からない青春の日々をこなしていました
只々、病の力に圧倒されてその判断すら出来ないでいた私
そんな狭間の中の私は、木造二階建ての旧いアパートに住んでいました
共同トイレに、共同の手洗い場をしつらえてあるアパートでした
どうせ長くはいないアパートだ
昭和五十五年の話です
精神をひどく病んでいた私は、それでもどん底からの再起を願っていたはずだ
何かにへばりついてでも生きたいと幽かに思っていたはずだ
そんな夢物語を何となく抱いていました

けれど人間・対物恐怖症（車）の私に現実は
方程式よりも正確に私の大脳をぐらつかせ
行き場のない私にはやはり行き場ってものは無く
ましてや人っ子一人住んでいない離れ小島では生きてはいけず
心の病を打ち明けて病院に駆け込めば救いもあろうが
けれどそれより黙って身の不運を受け入れた方がましだと思う次第で……
それが病との暗黙の了解であり提携で……

けれども不運を受け入れて笑い者の放浪者になっても
世間が慈悲深く救ってくれる訳でも無く
要は再起というお題目に翻弄されて、己の羅針盤が行き先を決めかねていたという事だ
いっその事ミノムシにでもなって、この過酷で寒い時期を遣り過ごせたとしたら
どんなにか幸せだった事でしょうに……

この旧いアパートはもぐりの警備会社の借りていたアパートで
新聞求人の広告でそんなところに就職した私にはやはり運も無く
当たり前に全てに見放されていた私なのでした
そんな職場を私は一度無断で逃げ出して
訳も無く中央線に駆け込み、山梨あたりまで行った始末で
それでも行き場は無く
もぐりの会社の社長に怒られ
再び働いた訳でして

そんな昭和五十五年の立川に一度ひどい雪が降りまして
このアパートの前も一面の雪景色の積雪で
唯一、こんな私が歓喜した瞬間なのでした
数年ぶりに失くしたはずの歓喜ってものを味わった瞬間なのでした
久しぶりに心底から解放された貴重な一瞬なのでした

何年かぶりの心の平穏を感じた出来事なのでした

Ⅳ　つれづれ

「ホームラン」

自身に負けても良い
けれど永続的に負け将軍ではいけない
負けてそこから何かを学び取り
最後に起死回生のホームランを打てば良い
良薬や自分で探り当てた最善の知恵の力を借りて

「リフレッシュ」

静かな湖畔に舟を浮かべて
オールを漕ぐことなく寝そべって
ボーッと空を眺めていたいな
何を考える訳でもなく
静かな波音と風の音や小鳥のさえずりを聞きながら
ただボーッとね
煩雑な世の中からちょっとだけ身を引いてみるのも必要かな
それがリフレッシュに繋がるかも

「真実の光」

仄かな光が差し込むドアを求めて
今日も彷徨う
あっちへ、こっちへ、その探求にピリオドは無い
いつの日か感じ、求めた光は邪悪な偽りだった
陰湿で悪知恵の働く計画的なものだった
それを見抜く事が出来ない未熟な私でもあった
歳を重ね、少しばかりのイクスペリエンスを積み、見る目を養い、心の滋養を高めた
二転三転の辛酸の時を得て今一度腰を落とし、両手を地に突いて前傾の姿勢を取る
真実の光の本質とは何かを問いただし、もう一度スタートラインに立つ
結果は決して恐れない
私色のテープにゴールインするのだ

「旋律」

この悲しさ、寂しさはどこから来るのだろう?
楽器を操る事が出来たならどんな旋律の音を奏でる事であろうか?
心の中の葛藤が穏やかに鎮まり返り
夜明けの旋律を弾くその時まで
忍耐強くこの混沌とした状態をじっと耐えよう

「孤高の物書き」

少年期より私は感性が豊かだった
その為か随分と傷つく事もあったし
この世界の美の美しさも細部まで感じ取れた
孤高の物書きでありたい
孤高の物書きを目指したい
それが私の性《しょう》に合っていると思うから
そして好きだから

「心の紙切れ」

新しいこの朝を何気なく迎えた人、待ちわびた人
一日の始まり、生活の始まり
頭の中は無造作に散らばった気持ちの紙切れ
今日はこの紙切れを何色に染めようか？　染まるだろうか？

「両極」

例えば大きな壁がドカンと行く手を阻んだとしても
己を磨く試練だと思えば良い
人間は気の持ち方一つで楽観主義にも悲観主義にも転じてしまう
楽観主義は希望が生まれ、笑顔が宿る
悲観主義は心が閉ざされ、やがて病人になってしまう

「Alone」

Alone　いつだって
Alone　人肌恋しい
Alone　傘もささずにずぶ濡れで
Alone　一人寂しく酒を流し込む
Alone　ずっとずっとAlone
Alone　昨夜濡らした枕カバーをまた洗い
Alone・Alone・Alone

「beauty」

美を追い求め
美に酔い
美を賛嘆し
美を作り出す
尽きるところ私は美の愛好家だ
それで満足だ

［beauty］

Seeking beauty……

Beauty gets drunk.

Admiring beauty……

And，create beauty.

I'm a beauty loner.

I'm satisfied with that.

「forever」

神秘の滝を訪れた夏
孤高の天才的画家はここを観て、如何に描き上げるのだろうか？
少年の頃の思い出は限りなく
灼熱の太陽の光が降り注いでいたあの頃
無邪気に友等と探検隊気取りで訪れたこの滝
心に残る永遠の音
永遠のエメラルドグリーン
そして、永遠の青春があったのです

「impossible」

もしも翼の怪我をしたら飛ばなければ良い
もしも重い荷物を背負ったなら歩かなければ良い
何事も無理は禁物だ
怪我を治し、荷物を他の人とシェアし合えば
天空高く飛翔する事も
大きなダムを築き上げる事も
きっと可能になるのだから

「寂」

独り孤独に浸って旧い木製のベンチに腰掛ける
私の身もボロボロだが、そんな私が座っているベンチも相当な物だ
ちゃんちゃら可笑しいと、この身を嘆き苦笑い
何処で狂ってしまったか人生街道
何処で見失ったか幸福道
何処へ忘れてしまったのかハートマーク♡
その辺の道祖神に聴いても返答は無く
傍にいる名の知れぬ小鳥に聴いても答えるべくもなく

冷たい風に吐息を吐き出して気を紛らわすのみの私だ

「OK」

そんなに悲観してはならない
自分を見下げ、卑下してはいけない
これまではあなたでしか歩めない道程だったのだ
あなた色の道程と受け止めればそれで良い
紙をすく様に徐々に前に出れば良い
それでOKなのだ

[OK]

Don't be so pessimistic!

Don't look down on yourself!

It has been a path that only you can walk.

If you take it as a color journey, that's fine.

It's okay if you just step out like a sheet of paper.

「road」

己の生き様は己で決める
自然の中に埋没し
今後の路は魂の詩を唄うと決めた時から
私には後悔という言葉は付き纏ってはこないであろう

[road]

I decide my way of life.
Buried in nature……
The road ahead is that I have decided to sing the poems of the soul,
and the word regret to me will not follow me.

「Wish」

世の中の生きとし生けるものが住みやすい世界になればいいな
憎しみや妬みからは希望は生まれない
人を慈しむ心が充満したらいいな
そこから孤独が立ち去り、もっとオープンな社会になるよ

［Wish］

I wish the world could live and live in a more comfortable world.

Hope doesn't come from hate or resentment.

I wish I could fill my heart with compassion for others.

From there loneliness will leave and become a more open society.

「アメンボ」

アメンボ
ほら、泳いでいる
小学校のグラウンドの水溜まり
テッテ、テッテッテとお日様が笑う
アメンボ
そら跳ねた
気持ち良いかい？
スーイ、スーイ、スーイとまた泳ぎ出す
雨上がりの世界……空には虹が架かっている
「坊や！　いじめるんじゃあありませよ！」
「うん」
アメンボ
そら跳ねた
もうちょっとしたら、また別の水溜まりに引っ越しだね

「うたかたの顔」

激流の中のうたかたは勇ましい
田んぼの水路の中のうたかたは温かく豊潤だ
山の湧き水の中のうたかたには山の魂が宿っている
水道水の中のうたかたは人工的だ
飲料水の中のうたかたは衛生的で人の温もりが隠れている
水車の中のうたかたは踊って元気だ、自由奔放だ
ゲンゴロウのおしりのうたかたは命の泉
池の中のうたかたは物静かで全く掴みどころがありません
川の中のうたかたは透き通って妖精の類だ
湖の中のうたかたは十人十色だ
濁った濁流の中のうたかたは最低だ！　危険な香りがする
滝の中のうたかたは力強く、ちょうど線香の様な信仰の香りがしている
沼の中のうたかたは中途半端だ
海水の中のうたかたは色んな匂いが混ざり込み、塩辛く、綺麗
と思ったら時に荒々しく変化、変化の連続で人生のドラマそのものです
阿多古川のうたかたは夏の日の思い出とモノクロ写真
そして、人の世もうたかた同然だ

「キャラメル」

都会のキャラメルはおいしかろう
サイコロの様な赤やら白の小さな小箱に入ったおいしいキャラメル
けれど、どうせおいらには不釣り合いの一品さ
都会のキャラメルはおいしかろう
無性に口が寂しくて仕方ない
けれどおいらが食べるとアレルギー反応を起こすのさ

故郷のキャラメルはさぞかし苦かろう
病んだ生き路の故、舌までまともじゃあない
病んだ生き路の故、キャラメルさえとんと目には入らない

都会のキャラメルはおいしかろう
黄色い箱にいっぱい入っている
都会のキャラメルはおいしかろう
口の中に二つ・三つ入れてモグモグモグ

故郷のキャラメルはさぞかし苦かろう
おいらは甘美な物は受け入れない
おいらにはどう見ても硬い砂利石に見えてしまう

「この道」

つまり僕は時に対して受け身ではいない
要は流されないって事かな
信じたこの我が道を堂々と風をきって前に前に進んで行きたい
そして、潔く散って行こう
これが我が道なのだから

「さらば」

糸の切れた凧が飛んで行った
ぐるぐると回転をしながら
ヒュルヒュルヒュルルルンと音を立てて
あっちの空に飛んで行った
一緒においらの夢もこなごなになって飛んで行っちまった

「浮世の鬱憤」

たまにははしゃいでみたいよ
浮き世の鬱憤を蹴散らして
誰もいない
誰からも見られない舗道で踊ってみたいよ
一晩中、気が狂ったみたいに

「それとも」

あなたは今年の夏をどう過ごそうとしているのだろうか
そして僕はこの夏を迎え、どんなレクイエムをこれから口にするのか
それともハイネの様な語らいをするのだろうか
頭によぎるあなたの残像
それを過去のものにしてしまうのか
それとも新たな触れ合いを求めるのか
それとも……

「セルフコントロール」

生きている限り罪も犯す
気づく場合と気づかない場合はあるけれど

そもそも人間は完璧ではない
善も積めば悪の因も積む
けれど罪に気づけば幸いである
その犯した罪は消えないけれど、反省をして同じ事を繰り返さない様に心掛ける
セルフコントロールが出来るから

「それなり」

ツワモノなんかじゃあない
結構な弱虫かもしれない
幾年か歩んできた
だからそれなりの経験値はある
それなりの洞察力も持ち合わせている
この五体がラグビーのボールの様に不規則な動きの壁にぶつかって行く
それなりの力は持ち合わせている
だからその壁にも対処出来るのだ

「ダイアリー」

ある日、書室の棚の陰に隠れていた古い日記帳に目を通し、不意に遠い日を思い遣る
それは、遠い記憶の片隅に居座っていた記憶だ
つらつら読み始めると、当時のしょうもない自分が鮮明に蘇る
こっちを振り向いた過去の私は、相も変わらず病気の餌食になった様な顔をしている
無様で不格好で箸にも棒にも掛からぬ過去の私だ
その私が、ヒタヒタヒタヒタと距離を詰めてこっちの方へやって来るではないか
「何だ！　勘弁してくれ！」
「こっちへ来ないでくれ！」
「お前などもう関係ない！」
「何だ、その蒼白い顔は！」
「こっちへ来られても迷惑千万だ！」
「あっちへ行け！」と心の中で怒鳴ってもどうしようもない訳で
要は過去の自分と今の自分とは、全く同じ人間なのだから境界線も無い訳で
けれどこっちには甚だ迷惑で
何が迷惑かと言うと、今の私はもうとっくに過去とは決別した気持ちでいたのだから
たとえ心の中の話ではあれ、もう過去には触れられたくも戻りたくもないのだ
その位、過去には汚点が残っているのだ
もう、こりごりなのだ！
私にも人には語りたくはない、辛い歴史がドデンと横たわっている

それを強制的に呼び戻すなんて、絶対にこっちが許しはしない
古びた日記帳を読んだ行為を悔いたが、それは後の祭りだった

遠い昔、私は生きる道を逸れ、グデングデンになって奈落の底に沈み、ガムシャラにもがいていた
陽の差さないみすぼらしい部屋に閉じ籠もり、無明の酒に溺れていた
その酒は、殊の外上等な酒で、次々と口に運ばれ、その分無明の惑も広まっていった
生死の狭間をウジ虫みたいに這いつくばって彷徨い
前に進めば生き地獄、後ろに下がれば三途の川
どちらかと言えば三途の川の方が楽ではないかと考え、そちらを渇望していた
そんな状態の私は、自分を見失って全てを呪い、全てを憎み、見える世界は灰色のおぞましい墓場だった
私は精気の抜けた顔をして、全てに怯え震えていた
頭の神経の全てを擦り減らして、日々生かされていた
人生の奴隷であり、イカレタ廃人だ

只、悶々として書室に閉じ籠もり、やり場のないその嘆きをダイアリーに綴り、それによって自らを慰め、非現実的な妄想と戯れていた
私は厳しい洗礼を長きに渡って受け入れてしまった
その後の私は、多くの年数を掛け、病魔と闘い、血反吐を吐きながらそれを克服してきた
そうこうしている間に、私の金の青春はとうに過ぎ去ろうとしていた

その時点で私は過去を二度と振り返るまいと心に誓った
辛うじて生き延びはしたが、それは私にとって金字塔でも何でも無かった
それよりも貴重で大切な青春という季節を、運命の悪戯によって滅茶苦茶にされたという
心の痛手の方が大きかったのだ
私はある日、発想の転換を自らに仕掛けた
私には元々、青春という名の季節は無かったのだという暗示を掛けたのだ
そう思う事によって心が平穏になり、過去を穏やかに振り返る事が出来たのである
私は習慣だった日記を書く事もピタリと止めた
同じ生活のリズムを繰り返したくはなかったからである
その心の暗示を掛けたまま、ここまで生きてきた
決して暗い過去の事など振り返らず、ここまで生き伸びてきたのである
不意に手が伸びた先の日記帳の事など、速攻で忘却の彼方へ追いやってやる
「近くへ寄るな！　お前の顔など見たくもない！」

ある日、仏の使いの黒い一羽の鳥が、枝にとまって私に向かってそっと呟くのであった
「本当にこのままで良いのか？」

「過去の自分に少し位、優しい言葉を掛けてやったらどうだ」

「後悔はないのか？」

「今の自分と過去の自分のどっちが偉いのだ？」

「過ぎ去った青春よりも、病気を治癒した功績に重きを置け！」

「破邪顕正《はじゃけんしょう》の松明を焚け！」

「そして、それを頭上に高く掲げろ！」と

「タイム　イズ　ランニング」

時は走る
私の人生もそれに便乗して走る
与えられた期間はどれ程のものかは知れず
私は走る
その日その日の記憶を留めて
悲しみの坩堝に浸るもよし
喜びで有頂天の頂きに登るもよし
ただ懸命の二字だけは忘れまい
ただ賢明の二字だけは忘れまい

「チャイム」

そう言えば私はまだ居残っている
暗くかび臭く隙間風すら通らない教室に
人には分からない苦悶の日々
精神の喘ぎという根深く難問な課題をやっとこさ克服して赤点を免れた
けれど何故か教室に居残っている……
私の心の黒板には「夢」という新たな課題が書かれた
私はその「夢」という課題に取り組む為に更なるチャイムが鳴るのを待っている
私の心の中にある教室でじっとじっとチャイムが鳴るのを待っている

「デカイ人物」

デカイ人物
それは聞き上手だ
デカイ人物
それは凄いオーラを絶えず放っている
デカイ人物
前向きで忍耐力が半端ない
デカイ人物
とにかく器がでかい

「ドボルザークを聴きながら」

ソファーにどっぷりと座り込み、好みのワインで喉を潤す
過ぎし日々を振り返り、私の心は幾重にも連なる怒涛の荒れ狂った様な思い出に閉口している………病んでいる………泣いている
青春という名の元に私は幾つかの大きな過ちを犯してしまった
その都度私は後悔し反省した
しかし、人生のつまずきは後を絶たなかった
私は常に「忍耐」の二字を背負って生きていくしか他に術は無かった
それだけが命綱だった

ドボルザークを聴きながら山の端に沈み行くでっかい夕陽を眺めている
時の流れとは？
生き様とは？
出会いとは？
幸福とは？
生命とは？

飲み干した酒のパックと油にまみれた作業服が無造作に散らかっている部屋
代わり映えのしない日記と繰り返される惰性の生活＝乱れに乱れている
そんな中であらゆる課題に向き合う私の思考はグラツキ定まらない

部屋と同じでしっかりと整理がなされず乱雑で実に頼りなく無様なようだ
やみくもに考えても答えが出るとも思えず、まあそんな時もよくある話で
一旦、その歩みを止めて無の境地に陥る事も必要で
嗚呼、今はただ先人の残した曲を聴きながらひたすら感傷に浸りたい
何だか遠い少年時代を連想させる楽曲と酒の力を借りて、今宵は静かに良い夢を視たいのです

「ハードル」

やっぱり僕は
僕の殻の中に閉じ籠もっていたのかな
自信喪失…………
幸福や愛を崩れ易いものと考えてしまう
辛い過去の思い出がどうしても行く先を阻んでしまう
僕にとっては超えられないハードルなのかな?
残念だけれど

「バッタ」

おいらは草むらに住んでいるバッタだよ
夏から秋がおいらの好きな季節さ
最近とみに住みにくくなって、生きていくのもそりゃあ随分と難儀なものですぜ
食料の植物も減ってきているし
ホラッ！　人間が除草剤ってやつを振り撒くだろう……
あれをやられた日にゃあ、気分は悪くなるやら食料の草は皆枯れてしまうやらで
しこたま困り果てているんでさぁー
そりゃ人間にとっては、随分と便利で重宝な物かもしれませんけれどね
あまり度を過ぎるといつかはしっぺ返しが来ますぜ……きっと
世の中はバランスってものが大事なんですよ
そのバランスが一旦崩れると、とんでもない事になりがちなものですぜ
その時になって喚いてはいけませんぜ
後悔してはいけませんぜ
お互い生きている者同士じゃあありませんか？
もっと思いやりってやつを大事にしないといけませんぜ
人間ばかりが偉いと思ったら大間違いだ
この地球で命を育んで生きている生き物が他にもいるんですからね
そこんところを忘れちゃーいけませんぜ
増上慢《ぞうじょうまん》ってやつですよ……因みにね

「バランス」

深い悲しみを経験した人は、その分人に優しくなれる
けれど自分自身をそっちのけにしては駄目だ
自分も幸せにならないといけない
他人も我もである

「ピース」

酔いどれの深夜は寂しくて
孤独虫がジンジンと泣き叫びわめき出し
ふと覗いたネットのオークションのワンコが妙に愛おしく思えて
思わずクリックしてそのワンコを落札してしまった自分
いつもながらに泥酔していた為に、直接手渡しの条件を見落としていた
そして、片道八時間の単独の車の運転で広島へと向かったのです
手渡されたのは生後二か月のポメラニアンの女の子
結果、交通費を含め落札金額よりはるかに高値がついてしまったワンコだ
ワンコは広島に因んでピースと名付けた
しみったれたこれまでの人生
前につんのめってばかりの人生
憤りの捌け口を求め続けてきた人生
マイナス思考の人生
波乱に満ちた人生がピースのお陰で一変した
モノクロの風景が鮮やかな色彩に変容するかの様に思えた
これまで何も無かったかの様に幸福の雰囲気を醸し出しているつぶらな瞳
その慈愛に満ちた瞳に密かに人生の再生を誓ったのだった
一気に幸のメロディーが我が家に流れ出し、波長の合うもの同士の空間が再び動き始めた
ピースは特に母親に懐いていた

散歩は母親が連れて行き、寝るのも昼・夜問わず常に一緒であった
母親も元来犬好きであった
たまに自分の寝るベッドへ寝かせても、母親の寝る布団に戻ると駄々をこねた
自分はピースの入浴とトリミングが担当であった
ピースは入浴の後によくソファーの上で暴れ、爪を立てた
その為我が家のソファーは無残な状態になってしまった
春夏秋冬ピース主体の我が家であり、そこから笑いが生まれ、それで何の不足も無い納得の我が家であったのだ

しかし、数年後そんな我が家に変化が生じてきた
ワンコを飼い始めてから数年して母親が肺がんを患ってしまった
ガンの摘出、放射線治療、薬物療法
その都度約二週間の入院が必要であったが、家にピースがいるからと事あるごとに担当医を困らせていた
自分は母の疾病により母親とピースの想い出作りを密かに練り始めた
母の通院の際にはピースも一緒に連れて行き、母親の来るのをじっと車中で待った
その頃買い換えた新車は「ピース号」と名付けた
ピース号に乗って少し遠めのドライブや一泊の温泉旅行にも一緒に行った
母親もきっと息子の気持ちを察していたに違いない
そして、母親は八十五歳で静かに他界した
心の中に例えようもない大きな穴がぽっかりと開いてしまった

自分にも、そしてピースにも……

大きな鎹が外れてしまった
大きな柱が倒れてしまった
背中を押してくれる人が皆無になってしまった
とうとう自分とピースの二人だけになってしまった
一方、ピースも母親が他界する数年前から肺の病気を患っていた
時折咳き込み、おまけに歯も悪かった
ここからピースも自分も精一杯の生活を余儀なくされた
散歩も母親の様には連れて行ってあげられない
ピースは変則勤務の私をひたすら待っているしかなかった
夏場の暑い時期はさぞかし大変だった事であろう
ストレスが溜まって堪らずピースを叱ってしまう事もあった

怒られたピースは、亡き母親の分骨と遺影の置かれている小さなテーブルの前に逃げて寂しそうに遺影を見つめるのだった
ピースの食べ易い様にドッグフードを一旦蒸して、それから潰して食べさせてやった
ドッグフードを食べない時はチーズをちぎって食べさせた
自分の食事もあるので日々ギリギリの生活だった

そんなこんなで忙しくしている内に愛犬ピースとの別れもついに到来してしまった

ゼイゼイという息遣いが、今までより回数が増えている事は気に掛かってはいた
帰宅時にはいつもならば走って歩み寄って来るピースの行動がいつしか途絶えた
しかし、仕事を任されていた自分は身動きが取れない状態だった
夜勤の最終日の仕事を終えて帰宅し、待っていたピースをソファーの近くに寝かせて横になった
夜勤の疲れもあり自分は深い眠りに就いてしまった
朝方目を覚まして異変に気がついた
「ピース、ピースや……」と声を掛けても反応が無い
嫌な予感がしてソファーからサッと起き上がりピースを……彼女を観た
肩が震え全身の血が引いていくのを感じた
軽くピースの身体を揺さぶっても動かなかった
ピースの口と自分の口とを合わせ、藁をも掴む思いで何度も何度も必死に息を吹き掛けた
我流の心臓マッサージも行った

しかし、蘇生の処置をしてもピースの反応は全く無く、我が家の天使の死を泣く泣く受け入れるべきである事を知った
ピースの身体はまだとても温かだった
当日に最寄りのペットの葬儀場にピースの遺体を持ち運び、最後のお別れをした
最後の最後迄ピースの身体は温かだった
ピースのお骨は可愛いディズニーのカバーで覆われた骨壺に入れられた
母親の死から約一年後の出来事であり、後追いの死だったと確信している

そして帰宅後、ピースの骨壺は最愛の人だった母親の骨壺のすぐ隣に安置した

深酒にうつつを抜かし予想外に落札してしまったワンコのピース
必死な思いで静岡から広島まで引き取りに行ったワンコのピース
生後二か月だというのに車酔いもせず、逆にじゃれて肩の上に乗っかりつぶらな瞳で横から自分の顔をまじまじと見つめていたワンコのピース
でもそのピースはもう居ない
ピースとは約十数年の月日を共にした

人生に躓き、酒に溺れ、温もりに憧れ、弱い自分の欲求にお金を投資してきた
それが自分の生きている証であり人生への反発だった
彼女はそんな弱い自分に生きる喜びと、そして真の人生の在り方を教えてくれたワンコなのでした
そして、彼女の姿に感化され再生を誓い、一人歩きを誓った自分なのです

「ピエロのピエロ」

奈落に落ちまいと生きてきた
観客は私の滑稽さとユーモアを待っている
けれど厚化粧の下にはいつも悲しみの顔がある
人はこんな私に何を期待しているのか？
不器用な私には正直真逆の事の敷居が高いのだ
おっと、いけない・いけない……私は人を笑わせるピエロだったのだ

「下降のベクトル」

あの頃、空虚な海辺に佇んで訳も無く小石を海面に投げつけていた
何かを傷つけたい訳でもなく
誰かを恨んでいた訳でもない
ただ、無性に心が病んでいて仕方なかった
病んだ心を治す術も無く田原の海を一人見つめているだけの私だった
田原の海はそんな私に残酷な程無表情だった
やけに殺風景な周囲の景色、海面はどこまでも濃いグレー色だった
ちょうど、私の心の状態に同調してくれているようだった
日々、首の皮一枚のギリギリの社会人生活にもがきにもがいていた
全てに余裕が無く、体はカマキリみたいに痩せ細っていた

私の病んだ心など社会に対して何のプラスになるのかと憤りさえ覚えた
いっそガラクタの方がよっぽど金になりはしないかと本気で思っていた
それでもって生気が下降のベクトルを描いていた
そのベクトルの有向線分の大きさは計り知れないものであった
青春とは人生とは悩み多き事をつらつらと再認識していた時だった

「フレンド」

たとえこの身が悲惨な状況に遭おうとも
私は忘れない
大自然との触れ合いには立ち直りの種が植わっているという事を
それがあちらの山なのか、こちらの谷の中にあるのかは分からない
あるいはこちらの川なのか、あちらの海の中にあるのかは分からない

たとえこの身が悲惨な状況に遭おうとも
決して忘れまい
私を応援していてくれる友がいるという事を
その友は案外近くに存在しているのかも知れない
あるいは今は遠く離れた所にいるのかも知れない
その友らは縁に触れ、あるいは強い求めの波動によって引き寄せられて来るものなのです

「誘い」

私を誘ってくれているのは誰だろう
この殺伐とした砂漠の様に枯れ切った心を抱いている私なんぞに
温かな風を送ってくれているのは誰なのだろう

私を誘ってくれているのは誰だろう
灼熱から湧き出でたるオアシス
雷雨の雲間から漏れる日の光
私を誘ってくれているのは誰だろう

「マイ・スタンス」

私は私
どんなにひっくり返しても私は私だ
私しか歩めない
他の人が真似の出来ない、全て私色の人生だ
誰がこの灰色じみた人生を真似するというのか？
誰が好き好んで、十年以上も精神苦と戦う道を選んだりするだろうか？
私は私
どんなにひっくり返しても私は私だ
周りが変わろうが、災いが起ころうが、私はズデンとここに立っている
それで良いのだ
何の遠慮も要らない
それで良いのだ
世界はともかくも、この身体は私だけのものなのだから
私使用の独占物なのだから

郵便はがき

料金受取人払郵便

新宿局承認

3971

差出有効期間
2022年7月
31日まで
(切手不要)

1 6 0-8 7 9 1

141

東京都新宿区新宿1－10－1

(株)文芸社

愛読者カード係 行

お名前《ふりがな》		明治 大正 昭和 平成 年生 歳		
ご住所《ふりがな》	□□□-□□□□		性別 男・女	
お電話番号	(書籍ご注文の際に必要です)	ご職業		
E-mail				
ご購読雑誌(複数可)		ご購読新聞 新聞		

最近読んでおもしろかった本や今後、とりあげてほしいテーマをお教えください。

ご自分の研究成果や経験、お考え等を出版してみたいというお気持ちはありますか。

ある　ない　内容・テーマ(　　　　)

現在完成した作品をお持ちですか。

ある　ない　ジャンル・原稿量(　　　　)

書　名			
お買上 書　店	都道 府県　　　　市区 郡	書店名	書店
		ご購入日	年　　月　　日

本書をどこでお知りになりましたか?
1.書店店頭　2.知人にすすめられて　3.インターネット(サイト名　　　　　)
4.DMハガキ　5.広告、記事を見て(新聞、雑誌名　　　　　)

上の質問に関連して、ご購入の決め手となったのは?
1.タイトル　2.著者　3.内容　4.カバーデザイン　5.帯
その他ご自由にお書きください。
(　　　　　　　　　　)

本書についてのご意見、ご感想をお聞かせください。
①内容について

②カバー、タイトル、帯について

弊社Webサイトからもご意見、ご感想をお寄せいただけます。

ご協力ありがとうございました。
※お寄せいただいたご意見、ご感想は新聞広告等で匿名にて使わせていただくことがあります。
※お客様の個人情報は、小社からの連絡のみに使用します。社外に提供することは一切ありません。

■書籍のご注文は、お近くの書店または、ブックサービス(0120-29-9625)、セブンネットショッピング(http://7net.omni7.jp/)にお申し込み下さい。

「ムンクの様に」

ムンクの様に何かに怯え
ムンクの様に生涯孤独に
ムンクの様に酒を飲み
ムンクの様に狂気じみ
死んでいきたいという願望があるのです

ムンクの様に芸術を愛し
ムンクの様に波瀾万丈で
しかしながら末代には脚光を浴びる
そんなムンクの様になりたいのです

「もののふの唄」

楽より苦の方が多い世の中だけれど
これまでは多くの激闘を何とかかわして生きてきた
険しい山の中に身を潜め、川岸の草木に身を委ね、じっと我慢して生き延びてきた
真っ向からの鋭利な刃の攻撃をすんでのところで両手で食い止めて生きてきた
首の皮一枚で逃げ切る事もあった
侍所のお世話になり施しを受けてきた事もあった
綱に縛られ馬の背中に乗せられて笑い者にされた事もあった
やり切れず切腹をしようかと思い詰めた夜もあった
もののふには戦は避けられない
人間ばかりか目には見えない内外に横たわる魔性との戦いは熾烈を極めた

所詮、忍耐＝辛抱強さがものをいう世界だ
そして、大いなる希望（刃）を持つ事である
希望の到達に向かって前進また前進
この営みがあれば困難はかなりスムーズに乗り越えられる筈だから

「ラストチャンス」

幸せ君に見放されたって
これまで雑草の様に生きてきた
たった一人で生きてきた
たった一人でこなしてきた
たった一人で苦しんできた
もうヤバいと思う時も度々あった
それ程分厚い壁を乗り越えてきた
ドスコイ・ドスコイと真正面からぶつかったり、時にはすんでの所で上手くかわしたりもした
忍耐を重ね、時には薬の厄介にもなった
その為に身にも心にも随分と負担を掛けてきてしまった
健康な様で身体の至る所が消耗していると思っている
身体の芯からうめき声が聞こえる時があるのだ
どうやら攻めの一手で歩んできた私にも力を抜き、手加減の手法を用いる時が来たようだ
けれど、そうこうしているうちに私も結構年齢を重ねてしまった
幸せ君を掴むのは、これがラストチャンスと言い聞かせている
衰えた身体を駆使してしっかりと手で掴み取るしかないのだ

「希望の帆」

時流に乗り、
希望を帆にして進めば良い
障害があったって何てことないさ
希望の力はどんな波浪より勝るから
そして希望の大きさによってその帆の大きさも変わる事だろう
どうせ持つのだったら大きな希望を持つことだ
最高の風と最高の帆
さあ、グングンと前に進めば良い
後から振り返ればきっと満足するさ
時流に乗り
希望を帆にして進めば良い
二乗・三乗の力がきっと加わる筈だから
最後は目標にしていた絶景を拝めば良い
シャンパンでも空けながら

「リバイバル」

取り戻せない時間がある
悔いても訂正出来ない時代がある
白亜の校舎・馴染みの缶コーヒー・カビ臭い図書室・淡い片思い・空白の休日
そんなものが脳裏に横たわっているのです
まるで大きな白い大蛇の様に横たわって、こちらをじっと見ているのです
そして、ペロペロと長い舌を出して私を嘲笑っているのです
私はそこへは近づけず只オロオロするばかりです

「手法」

滝に打たれたい
脳天がぐらつく様な強い滝に打たれたい
修行なんかではないのです
こうでもしないと昨日までの自分に決別出来ないと思っているのです

「阿多古川」

河童の様に僕らは遊んだ
河童の様に僕らは獲物を捕った
エメラルドグリーンの川は僕らの宝庫だった
少年期の思い出はこの川の存在を無くしては語れない
川の氾濫は我が心の騒めき
川のせせらぎは我がレクイエム
川の匂いは我が故郷
川と遊び、川を愛し、ずっと川を観て育ってきた

当時この川で一緒に戯れた友も若くして二人がこの世を去っていってしまった
少年期の金の思い出にぽっかりと大きな穴が空いてしまった
出来ればみんな、この川の見える所で一生を終われれば良かったのに
かく言う私も今はこの故郷を離れて暮らしている
年を取って最近では随分と白髪も増えた
「阿多古の友よ！　私ももうすぐそちらに行きます」
杉木立が生い茂る天竜の（阿多古川）という川は私を育んだ清い川なのです

「安穏」

幸福の燦燦とした夜明けを告げる光が
此処、彼処に降り注ぎます様に
災害が減り世界を迷わす不可解な病などが流行しません様に
そして悪しき思想や権力者がこの世界からどうか早急に消え失せます様に
安らぎの黎明の足音が
彼や彼女にそっと聞こえます様に

「核心」

蜃気楼の様に正体が掴めず
核心に挑もうとする僧は閉口して経文すら口から出てこない
実に幸福という頂点に辿り着く事は至難の業である
前を阻もうとする煩悩の数々を断ち切り、悟りと変え得る為の要因となるものは
悟りを得る為の難行・苦行の修行のみであろうか？
悟りを妨げる蜃気楼を断ち切る剣とは純粋なまでの求道心ではなかろうか？

「暗い部屋」

私の家には両親が使用していた部屋がある＝六畳一間の部屋だ
私の両親は他界してしまって今はもういない
両親の他界した後は室内用の洗濯物の干し場に様変わりしており、それ以外は活用される事が無いまま、ずっと放置されてきた
それから数年が経ち、私はふとこの部屋を大切な部屋として模様替えをしてみようかしらと思い立った
何故なら両親にとってこの六畳一間での生活が幸せだったとは言い難く、ならば私がこの部屋の歴史を大いに変えてやろうと思い立ったからである

寂々とした念・哀情の念にて辛い過去を振り返ると……

結婚当初は誰もが認める相思相愛の夫婦であった
交際期間はかなり短かったが
軽はずみな気持ちで結婚した訳でも決してなかった
家を新築して住み始めたばかりだというのにどこで歯車が狂ってしまったのだろう？
諸々の否、全ての歯車が狂い出した
こんな状況を思い浮かべた事はなかったのに……
俗に言う嫁と姑の関係が我が家にも存在していたのは事実だ
不穏な空気が何処からともなく流れ出した

時間の経過と共に誰とは言わず個々の我が強く出始めた
人となりやお互いの相性・理想と現実・信頼とその崩壊、諸々が入り混じって人間性がお
互いに醜いものへと摩り替わっていってしまった
夫婦の関係も次第に上手くいかず、精神的な疲労が鬱積して八方塞がりの状態になった
二歳になる幼子も一人いたが、夫婦の寝室はいつしか別々になっていた
性生活も途絶えた

黒い悪質なカーテンが一気に我が家を丸のみにして包んでいく日々が始まった
どこにも出口は見つからなかった
針の穴ほどの出口を探そうとしたが、それすら徒労に終わった
そのカーテンは大きかった
そのカーテンはその分ズドンと重かった
その中で五人の家族は良い様にもてあそばれ、深くどす黒い煩悩の闇の中で、喘ぎ苦しみ、
明日無き日々を過ごしていた
信頼の壁は大きく崩れ出していった
声には出ない不穏な罵倒が日々行き交った

そんな日々の中、私は密かに夫婦の破綻を連想した
解決の手口を求め、親しい方にアドバイスを頂いたりもしたが全てが空振りの結果で終
わってしまった
黒いカーテンは、いつしか二重・三重へとその勢いを増長し、カッカ・カッカと不気味な

薄笑いを存分に投げ掛ける様になった

悪いのは私だ
悪の元凶は私に違いない
器の小さい腑抜け者だ
家族にエライ気を使わせてしまっていた……自分に家族をまとめる甲斐性が無かったが為に……

両親にも本音の気持ちを聴きたいと願ったがそれも叶わず
六畳一間の部屋は今にも悲痛な叫び声が聞こえてきそうな感の暗い部屋へと変容していった
生前、二階にいる嫁に悟られない様に仕事帰りの私に部屋の戸を開けてそっとビールを手渡してくれた両親
疲れ果てて帰ってきた息子にお酒ぐらいは与えてやらないと……という思いからであろう
おそらく毎日近くのコンビニ迄足を運んで買ってきてくれた品物であろう
有り難かった！
泣けてきた……
真夏のビールは渇いた喉を心地良く潤してくれた
米粒大の愛に飢えていた私の砂漠の心を潤してくれた

けれど当然ながらの時が到来してしまった

まだ、二歳の我が子を思っての車中での涙の嗚咽＝滝の様な涙を体感した
最後の土壇場まで面倒を見てくれた仲人への深い感謝
鉛の足を引きずっての家裁での調停
敢え無く終わってしまった私の短かった結婚生活
その一方で分厚い黒いカーテンは、しめしめと満面のあざけ笑いを私に投げ掛けたのだった

事の詳細を知った知人には蔑まれ、周囲には良い様に会話の出汁にされて、私は人生の敗北者に成り下がってしまった
ついでに鬱の心が静かに近づいてきた

思えば家の新築以来何も良い事が無かった
家とは運気を大いに左右する代物か？
やや大きな家ではある我が家の住人は、両親と私の三人だけになってしまった
結果として不幸を代償にして家を建てた様なものであった

魂の抜けた糸の切れた凧の様に腑抜けた毎日を送っていた私は、六畳一間の部屋に寝床を構えていた両親への献身こそが私に残されたせめてもの償いの道ではないかと悟る様になった

私は日々の楽しみを作ってやりたいと考え、料理を覚える事からスタートした
仕事が休みの日には料理本を片手に様々な料理に挑戦した
日々の食を通してギスギスしていた過去のキッチンテーブルの雰囲気を一掃し、温かみのあるそれに変えたかった
只々、両親の嬉しそうな顔を見たいという一心だった
それは心の内奥に僅かに居残っていた慈しみの念を絞り出し、併せて病んだ心のリハビリの作業でもあった

他にも個人的な趣味も広げた……釣り・ガーデニング・旅・温泉、そして犬も飼い始めた
薄紙のカレンダーをめくるかの様に私の鬱の心も次第に改善され、生きる喜びを感じる域まで到達していった
生き抜く事とは如何に会心の知恵を絞り出すかである
その絞り出された知恵は覆い被さった暗雲を蹴散らす灯台にもなり、切れ味鋭い剣にもなるであろう
厳しい仕事を抱えながら力の限り残された両親を支え、そして喜ばせようと懸命だった
その行動に悔いは一分も無い

年老いた私の両親にも死の影は突如忍び寄ってきた
父は六十九歳でこの世を去っていった＝やせ細り痛ましい感じの末路であった
母も八十五歳で永眠の途に着いた＝肺がんをモノともしない楽天的な末路であった
母の愛した愛犬も翌年に後追いの死を迎えた

残されたのは私一人になってしまった
生あるものはやがてはこの世を去って行ってしまう理である

やや大き目の家には私一人が生活している
私は随分と年齢も重ねた
私個人の中身の蓋をそっと開けてみれば、波乱万丈の痕跡が混在している様ではなかろうか？
それはゴロゴロとやけに尖って大きくて厄介な代物だ
けれど、悲しみは私に強い能忍〔仏の別名〕の心を授けてくれた事も事実だ
だから、能忍の鎧があるからこのいばらの人生も程好く生きていけるだろうと思ってもいるし信じてもいる
根無し草の様な人生は歩みたくはないから色々なものを滋養にして生きている

せっせ、せっせと六畳一間の模様替えは進んでいる
要らない物はほぼほぼ処分をしてしまった
窓を開ければ育てているバラが手の届く程の距離に咲いている
その先には川が流れており、更にその先には国道が走っている
あの頃、私の両親はこの部屋の中でどんな思いを抱えてこの景色を眺めていた事であろうか？
きっと二人とも大きな悲しみを抱えて、にっちもさっちもいかない状態だった筈だ
川からの心地良い風が静かに注ぎ込んでいるこの部屋

生前、母の使用していたタンスには私の服を入れ替えた
ロックを聴く私はお気に入りのCDプレイヤーを部屋の片隅に置いた
私色に徐々に様変わりしていく部屋
今度は私がこの部屋を大いに使っていく事になる
可能な限り幸の空気を吹き込んでいってあげたい
それが私に残された最後の使命だと感じているから
それがこの家を建てた者の責任だと感じているから
こんな私にも黎明の光が当たる事をひたすら信じているから

「暗闇の中の希望」

この心の剣が錆びついても
この甲冑で覆われている身体が抵抗力を失っても
片隅に希望という僅かなマッチ棒の様な灯火さえ灯っていれば
生きてはいける筈だ
この孤独で深い闇の中でも

「どさくさに紛れて」

人生のどさくさに紛れて
私は予てから想い願っている夢を叶えたい
人生のどさくさに紛れて
私は大きな仕事をしたい
平凡とは無縁の人間だと思うから
人生のどさくさに紛れながら
私が私である為の生き方を渾身で成し遂げたい
只、それだけだ

「意外」

こんな毎日じゃあやり切れない
長い期間抱えていたお疲れモードの溜息が止まらない
ヤバい……踏ん張りが効かない
いっそこの降り続く土砂降りの雨で、脳天をびっしょりと洗い流してケアをして貰おうかな？
大切な記憶だけはしっかりと留めておいて貰って
そしたら明日への活力となるだろうか？
やり切れない日々が少しだけ緩和していくかな？
でも、これって他力本願だよね？
お酒に逃げてグデングデンになっても、それは解決の方法にはならないよね
やり切れない日々・やり切れない思い多すぎ……
菩薩様じゃあーあるまいし、簡単には処理出来ない
私は凡夫だよ！　正真正銘の凡夫だよ
三百六十度見回しても普通の人だよ

「一月のアンブレラ」

真冬に冷たくか細い雨が降る
ツンツンと静かな音を立てながら降っている
あの山にもあの煙突の上にも雨は分け隔てなく降っている
ツンツン　ツンツン　ツンツン
あの子は玄関先に立て掛けてあった赤いアンブレラをそそくさと持ち出して
元気良く外に飛び出して行った

冷え切った濡れた舗道に咲くアンブレラ
クルクルと時に廻るアンブレラ
真っ昼間の冬の冷たい世界にあの子の満面の笑顔が踊っている
赤いアンブレラと温かな笑顔
赤いアンブレラとモクモクと煙を出している煙突が賑やかに騒いでいる

「陰湿なる企て」

私は陰湿なる企てを知っている
それは巧みに計画され、物事を信じて疑わない性分の私は格好の餌食となった
実に悪智慧の働く輩であった
さも人が良さそうな素振りをして、時に偽りの涙を流した
満面の笑顔をたたえ、優しい言葉も吐露した
それが用意周到な企てと知った時、私は再び人生の大きな逆境を味わった
私は心身共に疲れ果て、そして病んだ
それを見て冷たい視線を投げ掛ける人もいた
せせら笑う人もいた
私と距離を置く人もいた
陰湿なる企ての加害者と被害者
どちらが賢者で、どちらが愚者なのだろうか？
私に少しでも人を見抜く洞察力があったのならば
その被害は最小限に食い止められたかもしれないし、免れたかもしれない

「温」

例えば壊れそうな心を抱いたとしても
例えば深い霧で先が見えなくなったとしても
自分の信じる原点が不動であるならば
めくるカレンダーの音も切れ味爽快になっていくだろう
その原点を大切に　大切に温めて
そして、見つめていこう
ずっと　ずっと　これからも

「forward」

今年の目標に向かってオールを漕ぎ出した私
身体は徐々に下降線を辿っている
自身の事だからその事は具《つぶさ》に分かっている

けれどもう後戻りはしない
振り向きもしない
渾身の魂を持ってオールを前に漕いでいく
鈍く低い水しぶきを上げて

「過酷な雨」

あの田んぼのトメおばさんの悲鳴が聞こえてきそうで、なんだか無性に泣けてきます
あの海沿いの銅像が、土台からクシャクシャにされそうで、なんだか落ち込みそうです
何年もの間築き上げてきた平和と友好の輪が破壊されそうで、なんだか恨めしいです
一昨日書き上げた砂の上の伝言が流されていきそうで、なんだか心配です
積み上げた物が次々に壊れていきそうで、なんだか怖くて心が縮こまります
想像を絶する雨がざぁー、ざぁーと降って参りました

想像を絶する雨がざぁー、ざぁーと降って参りました
人も鳥もカエルもペットも木々も……、諸々の生きとし生けるものがビビッています
畏怖感の想いが誰にも募って、もうたまりません
恐怖の雄叫びがもの凄い音調でマスメディアから流れています
過酷な雨が降っています
過酷な雨が勢いを増しています
過酷な雨が土砂を砕いています
過酷な雨の色はブラックです
過酷な雨の成分は破壊と無慈悲で出来ています
過酷な雨は一部の人間が作り出した兵器なのです

「廻れ風車」

風のある日は風車に願いを乗せてみませんか？
クル、クル、クル……
最初の四分の一は私の健康を
二番目の四分の一は世の中の安穏を
三番目の四分の一は素敵な出逢いを
最後の四分の一は夢の実現を
こんな願いのかけ引き
ワクワクしませんか？

「懐疑」

生命の残り火はいくばくかと思いつつ
今日も明日も浅き眠りに困惑する
既に初老に差し掛かり、いつお迎えが来ても別段不思議な事ではなく
けれどこの命が完全燃焼したかどうかを吟味するに、まだ悔恨の念がドカンとあちこちに
残っている有様だ
という事はまだあの世に逝くには早過ぎるという事と、抱いている悔恨の念の作業をやり
遂げなければいけないという事だ
その必須の作業の内容は当然の事ながら熟知している
けれどその作業には研ぎ澄まされた精神と技量が必要だ
おじけづかず懸命に努力する以外に道は無い

真っ白なキャンパスに初めて筆を執る様に、精神を集中させて……、まずはそこから開始
だ
己の生き様を信じて
己の察知力を信じて
若き日の労苦の結実を信じて
この命の最終章を飾りたい
これが私の美学なのだ

「開幕の唄」

未来などずっと無いと思ってきた
絶え間なく続く煩悩の渦にいい様に弄ばれ、その解決の糸口も見出せないままここまで生きてきた
でも、もう限界だ！　極限の所まで来てしまっている
もう、勘弁してくれ！
人の便りを糧に、幾分かの慰めを求め、やっとの事で漸く辿り着いた
ここは先の見通しが付かない人が立ち寄る所だ
そう、私は無常の門戸の前に突っ立っていた
古びた大きな構えの造りだ
魑魅魍魎の類がどこかに潜んでいるかもしれない
或いはあの世から舞い戻った門番が待ち構えている様な所だ
そして私は、朝な夕なに分厚い門の扉を血豆が出来る程叩き続けた
「これでもか！　これでもか！」
その扉を叩きながら、己の不運と力の無さを恨み、情けない愚弄の輩だと自分を大いに蔑んだ
開かぬ扉の前で跪き、抱いていた希望という二文字を無明の彼方へかなぐり捨てたのだった
残された道はずっと悲しみだけを抱いて、一人寂しく死んでいく事しか無いのだと覚悟した

そう思うしか他に術は無かった
後は、地獄に堕ちようが、閻魔の裁きを受けようが知った事ではなかった
「末路の事まで気を使う事など真っ平ごめんだ！」
死後や来世の事などこの凡夫に分かる筈も無く
「もう、この世に臨んではどうでも良い事だ！」
門の扉に残った血痕が、哀れで侘しい紋様を形作っていた
しかし、僅かなる寂光があちらこちらから差し込んできたのは、一体いつからだったのだろうか？
そこから、自身の心に忘れかけていた希望という文字がひょっこりと芽生え始め
グレー色だった周りの風景にも、自分色のペイントの上塗りを施し始めた
それは幼少の頃、五感で感じた無邪気な心根に限りなく近いもの
活き活きとして曇りが無く純粋なものだ
「あの梢の小鳥さんこんにちは！」
「沈みゆく夕日よ！　随分ときれいじゃあないか！」
嗚呼、ここから……この線から開幕だと自身に言い聞かせ、奇跡の歩を運ぶ
所詮、この世は自身に与えられた宿命との対決かもしれない
背を向ければ負け戦、耐え忍んで明日をうかがう
苦しくとも前を向いて進めば、加護の光が差し込む事もある
また、思いがけない性《さが》に戸惑う事も必ずあるであろう

私はそんなこんなで蘇生した
開幕のファンファーレが己心《こしん》に大きく鳴り響いている
私はその己心の行列の中を、操れない笛を握ってスタスタと歩いている
病み上がりの病人の様にまだ顔は青褪めてはいるが、見通しが明るい事は確かだ
人生のボーダーラインを越えた私は、ゆっくりとした軽い足取りで歩いている
そう、開幕の唄を嬉々として唄いながら

「崖っぷち」

定めのある事を早くから気づいていた
心の財宝は瓦礫の如く崩れ去り
希望の二字は封印の文字と化してしまった
望んでどん底を選んだ訳ではない
笑顔を捨てる志願兵になった訳でもない
もし定めの方向転換が出来るものならば
私は地の果てまでその答えを問いに行くであろう

「感」

双六ゲームじゃあるまいし
その日、その時の気紛れな所作など詮なし
長年をかけて磨きをかけたこの身体と心とオーラを
誰が感じ取れるのだろうか？
そんな存在がいるのだろうか？

「晩夏」

風を感じ
夏の終わりの音を聞き
この夕まずめの刻より
波の中に脚を入れ
この五体をさらけ出すのだ
眼前の絶景の記憶が骨の髄まで染み渡るその時まで

「甘い水と塩辛い水」

私は知っている
水に甘い水と塩辛い水がある事を
どうやら私は後ろの水が好きらしい
望んでもいないのにその水をたらふく飲んできた
二者択一で言えば甘い水が良いに決まっている
どうやら望んでいないものを飲ませている犯人は運命という奴らしい

この運命って奴は厄介者で容易に先を方向転換させてはくれない
つまり私はこれからも辛い水を飲まされるって事なのか?
それならそれでも良いのだ
反発したりはしない
最近の私はちょっぴりではあるがその辛い水の味にも慣れてきている
だから前の様に鼻を摘まなければ飲めないという程のものではない
方向転換をさせてくれないならば従うしかない
これからもどんどん飲みますよ
その辛い水をね

「希望」

希望は生きていく上での鎹
希望があれば生きられ踏ん張れる
希望を持った人は強い
たとえドン底の人生を歩んでいたとしても
小さな針の穴から漏れている、微かな希望の光を見つけ出すことが出来るであろう
強い根を張り滋養を一杯吸い上げて……
きっと力強い人生を歩む事になるだろう

「汽笛」

露骨には語れない昔がある
道理外れと狂人めいた時を刻んだ
その状況を欲した訳ではない
運命という言葉で片付けたくもない
複雑な時代だった
そう、あの時もどこかで汽笛が鳴っていた
悲しげに響く音だった

「それぞれの道」

我が心の雄叫びの音声は
雲を貫く程高く大きいけれど
決して人に聞こえることはない
深い悲しみと重圧に打ちひしがれ
そこから這い上がってきた不屈の筋金入りの魂が所有しているものだから
その道の人にしか分からない雄叫びである

日々に諸所に這いずり回り
機に応じ時に応じて雄叫びを高く張り上げ、迎え来る煩わしい煩悩と対峙する

それが美徳であり、生き甲斐でもある
それこそがマイロード＝我が道である
好きで選んだ我が道ならば悔いはない
この我が道を美しく刻んで綺麗な放物線の軌跡を描ければ、それで良い
人と比較することなく堂々と華麗に歩みたい

「求め」

かねてからずっと一人ぼっちだ
今更始まった訳でもないし、半分以上慣れっこでもう諦めている処もある
おそらくそんな質《たち》であろうし、今更それを覆す事は出来ない
我見ではあるが「この人間ならこの程度は耐えられるであろう」という判断が下され生まれてきたのではないかと思っている
それならそれで良い
見渡せば、私には他にも重い荷物を背負って生きている点がいくつか存在している
とすれば稀有の空くじ男って奴かも知れない
けれど他人様に誇れるものでもなんでもない訳である

そんな私に孤独感がひしひしと伝わってくる時がある
あのススキの葉が風にざわざわとたなびく秋の時の様に……
ざわざわという波が私の身にも心の中にもエグい程入り込んできます
私は深い孤独感に占領されてしまい、居ても立ってても居られない心情に陥ります
そんな時、こんな私も誰かを求めてしまうのです
自分の生い立ちをとことん後悔してしまうのです

「旧いベンチと私」

一人ひょっこりと散歩ついでに河辺近くの古いベンチに腰を下ろす
如何にも年季の入ったあちらこちらにアオカビの生えているこのベンチ
そういう私も大分年季が入った年齢に突入したものだ
旧ければ良いとは思わないが、歳月を得たものにはそれなりの落ち着き感としっくり感が
あるものだ
しかし、時の経過に伴って、このベンチもいつか人の重みに耐え切れない程に朽ち果てて
ゆく事であろう
私も親から授かったこの身体を心身共に相当の年月痛めつけてきた
これは紛れもない事実だ
へとへとで踏ん張りが効かなくなってきている
だからボチボチ死期の事も頭をよぎる
おそらく口の無いベンチもそう思っている事であろう
生があり、その後、末期を迎える
それは畏怖や恐怖であり、反対に渇望していたものかもしれない
その時に臨めば分かる事ではあるが……
あわよくば前を滔々と流れる川の様に終わりの無い永遠の生命を手に入れたいものである
私はこの古いベンチの手すりに軽くタッチをして芝生の敷き詰められた公園へと向かって
歩き出した

「狂った生活」

乱れてしまった
みな狂ってしまった
酒に浸り、快楽を求めて狂った生活が始まった
鳥の様に自由を得た私はそうする事に生き甲斐さえ覚えた
以前の生活のリバウンドである事は十分承知をしていた
けれど以前の頑なに束縛された生活から解放された私は、何の計算も要らない、神経をすり減らす必要もない、誰からの忠告も非難も受けない最高の環境に禁欲の鎖が解けてしまったのである
そう狂った生活が開幕してしまった
私の事を心配してくれるのはごく少数の人に限られていた
留まりを知らない私は狂った野獣と化した
お酒は失った者への決別と忘却の思いへの乾杯の印
日々、浴びる程のお酒を飲んだ
お酒の酔いは私を有頂天にし、十分な幸福感を与えてくれた
快楽は未だ若き身体の証明の場
狂った生活
狂った生活
狂った生活
狂った生活は終わりを知らなかった

ピリオドを知らなかった
そして、綺麗な円弧を描けない楕円の生活だった
弱者だけが手にする片道切符
人格疎外の片道切符
人を人と思わない非情の切符だ
人生を投げ捨てた王手の切り札の切符かもしれない

「苦のち暁」

過酷な定めでも敢えて受け入れよう
因があって果があるという理ならば
今は苦しくても、辛くても
賢明な智と忍耐を引っさげて
その定めに立ち向かおう
その先には暁があると信じて
希望を捨てずに真っ直ぐ進むのだ

「敬愛」

あたかも能面をかぶっているかの様に頑なに表情を変えずに強く生きている人がいる
能の舞台に立っているかの様に凛と背筋を伸ばして厳かに暮らしている人がいる
そんな強者に私は憧れるのだ

「懺悔」

あの世に旅立って行ってしまった方々に渾身からの懺悔を捧げたい
三世を鏡の様に映し出すと言い伝えのある池の畔に立って、凛として身を正し懺悔を捧げたいのです
あの日の暴言をどうかお許し下さいと
軽はずみで無神経だった私が吐いた言葉の数々をどうかお許し下さいと
一度放たれた汚い言葉はもう言い改める事は出来ません
何故なら一度放たれた言葉は、相手の耳から入り脳と胸の奥深くに根付いてしまうからです
私が放った言葉で如何ばかりか心を痛めていた事でしょう
ひょっとしたら私の放った言葉を引きずったままあの世に旅立ってしまったかもしれません
申し訳ない、申し訳ない、本当に申し訳ない事をしました
ごめんなさい、ごめんなさい、ごめんなさい、ごめんなさい

今は敬愛する方々の生前の姿を思い浮かべながらひたすら謝るしか術はありません
そして、この過ちを二度と繰り返さない様に肝に銘じるしかありません
あの日の愚行をどうかお許し下さいと
お酒を飲み、いい気になっていた愚か者の私でした
欲求不満の捌け口を身近なあなた方に向けてしまいました
一時的な言葉の発散で自分の気持ちを楽にしたかったのかもしれません
短気で神経質な性格が仇となってしまいました

深い積雪の下に埋もれてしまった様に逃げ場が無く委縮してしまった私の良心よ！
悔恨の季節を乗り越え希望の光を見つめたまえ！
とことん申し訳ないと詫び
とことんごめんなさいと謝り
それで納得のいく時を迎えたならば
迷惑を掛けた人の分まで善行を積めば良いではないか

あの世に旅立って行ってしまった方々に渾身からの懺悔を捧げたい
私の残された人生はこの懺悔から始まっていくのです

「繋がりの崩落」

長い歴史に於いて、繋がりを保ってきた二つの点が遂に崩落した
ほんの些細な出来事が火種になり、相容れない状態になってしまった
もう親密なあの頃の状態には戻らないであろう
あんなに助け合い、励まし合った仲なのに

昭和の草創の時代から少し経過した発展の時代だった
誰もが貧しく、同じ目線でワイワイやっていた
無いものは融通し合い、服はボロボロでも心は豊かだった
家はオンボロでも家族が沢山いた
家族が助け合っていた、他人との垣根が低かった
だからへっちゃらだった
お風呂に困った時は、隣家の好意で借りに出掛けた時もあった
学校の運動会はお祭り騒ぎで、お昼に食べる母親が作ってくれた稲荷寿司とゆで卵が何よりの楽しみだった
至福の時だった
鯛焼きの出店も開いていた
駆けっこのピストルの音
拡声器から流れる運動会用の乗りの良い音楽とフォークダンスの和楽の調べ
晴天の秋空のもと、心が躍り舞い上がった

我が家は小学校にも中学校にも近い距離にあった
私は、貧乏な魚の行商人の息子だった
全てが助け合いの空気が流れる良い時代であった
あんな時代はもう来ないであろう

点同士がくっ付き合い、助け合い、共鳴し合い、困難な時代を乗り越えてきた
人と人の裸の付き合いで成り立っていた
なのに崩れてしまう時はあっけないものだ
何十年と築き上げてきたものが、数日で終わりを告げてしまう
建設は死闘、破壊は一瞬だ
異分子の一つの点が皐月の空に分け入り、そこから嫌な空気が入り込んだ
新しい時代に向かい行く二つの点も以前程の光を放ってはいなかった
その力は衰え、変化する環境に付いてはいけなかったのだろう
あの世に旅立ってしまった恩ある方々
そして、家族も次第に少なくなっていった
全て時代の流れに吸い込まれ、新たな時代に相容れずに痙攣を起こしてしまったのかもしれない
繋がりの崩落
気持ちの調整をしてみても、豆腐に鎹の状態で徒労に終わった
遂に二つの点は憎しみをも含む様になり、完全に絆は喪失してしまった
あの慈愛に満ちた昭和の絆が跡形も無く崩落してしまった

大切なあの時代の思い出にも水を掛けて

「芸術とは」

四季は移り変わり芳醇な秋を迎えている
紅葉は色付き涼風に溶け込んでいる

その中でやっと訪れた美術館
ひっそりと佇む美術館に入り芸術の偉大さに感銘を受ける

私にとって芸術とは癒しであり感動である事は勿論
生命と生命の触発であり
哲学であり
見果てぬ夢であり
手に届かないものだったり
才能の標本であり
時に批判の対象だったり
命を長らえる対象だったり
酒の肴でもあり
水だったり、ステーキだったり、サラダだったりする
好きか嫌いかと問われれば大好きなものと言うしかない

こいつをリュックサックに詰め込んで

いつでも気軽に取り出せたら、それはそれで幸せな事だろう
おにぎりやサンドイッチみたいな存在だったらありがたいことだ

「月のうさぎ」

竹林を揺らす風が通り過ぎる
ザワザワ・ザワザワと強くもなく、然《さ》りとて弱くもなく
竹林をくすぶる風が通り過ぎて行く
ザワザワ、ヒュー・ヒュー・ヒュー・ヒュルルルーン
淡い竹の澄んだ匂いが芳しい
整然と生えた本数は多いが、明るい光が差し込む見事な竹林だ
間違いなくよく手入れされた竹林だ
相模湾が間近で汐風のほのかな香りも混じり込み
一匹のリスとの遭遇は物語めいて心を和ませてくれた
正に東伊豆の秘宝だ

親孝行の為、今は亡き年老いた母と二人で訪れた温泉宿だ
懐石の料理に舌鼓を打ち、一夜の安楽を覚えた
貸し切りの露天風呂に浸かり、真っ青の海に向かって親の長寿を願って静かにゆっくりと手を合わせた
自身の離婚の想い出も潔く捨て去りたいと願った
そして、富士の如くに堂々と生きていきたいと誓った
汐風が五体にぶつかり「頑張れよ」と応援をしてくれている様であった

私は身体の垢と一緒に心の垢も同時に落とせた様な気分に浸れた
願わくは新たに人として大きくなって再び訪れてみたい宿なのであった

「見果てぬ勲章」

はちゃめちゃな雄叫び
生きている勲章
今は錆び付いているけれど
元々は重みのある勲章だと確信している
私はその勲章を首に掛けて
怒涛の様に踊りまくろう
朝な夕なに踊りまくろう
見果てぬ勝利を信じつつ
輝き飛翔する、その時が来るまで

「言葉」

一つの言葉が灯台となり
暗闇を照らす礎へと変化する
どうせ生きていくのならその灯台の役を引き受けたい
一人の人を勇気づける事が出来たのなら
それが自身の幸福の因になると確信したい

「幸せの園」

幸せの園は何処にあるのでしょう？
あっちですか？　こっちですか？
東でしょうか？　それとも西でしょうか？
山の方ですか？　それとも海の方でしょうか？
我が家の中ですか？　それともお隣の青木さんのお宅の中ですか？
田舎かな？　都会かな？
国内かな？　それとも海外かな？
いえいえ、そんな所にはありませんよ
幸せの園は、ただただ自分の心の中で光り輝いていますよ

「広島の花＝愛犬ピース」

この子を授けてくれた処だから
感謝を込めて一輪の花を捧げたい

この子を育んでくれた処だから
慈愛の水をそっとまいてあげたい

この子に癒されている私だから
この子に元気印を貰っている私だから
とっくに捨てた筈の希望の光をこの子に拾って貰った私だから

いつかはこの子と訪れて万感の思いで感謝の言葉を言わずにはいられない
広島は私にとってはとても大切な処なのです

「攻めの一手」

心の水車は廻っていますか？
水不足で止まっていませんか？

心の風車は廻っていますか？
方向違いの風のお陰で止まってはいませんか？

水を得た魚がスイスイと泳ぎ出す様に
停滞せずに
前へ前へと進まなければなりません
辛くても泣きたい位になっても同じ様に

心の池にはカエルさん達が集まってくれていますか？
水不足でクレームが集中していませんか？

心の天空には鶯さん達が気持ち良さそうに羽ばたいてくれていますか？
風が強いからと手を抜いて、あの木々の枝に留まってはいませんか？
停滞せずにあの山、この山を越えて行かねばなりません
大きな災いが到来したとしても同じ様に

「懇願」

無情の闇に囲まれて跪き
鳥籠の中の様な想いに首を振り
月の光の見えない夜空に捨て台詞を吐く
どうせおいらは年老いた狼さ
獲物も夢も体力もありゃしない
せめてこうなったら安らぎの寝床が欲しいのさ
誰からも束縛されない寝床が欲しいのさ
ゆっくりと熟睡が出来る寝床が欲しいのさ
後は、後生だから月の光だけは最後にゃあ拝ませてくれや

「左回りの時計」

過ぎ去ったものは帰らない
過ぎ去ったものは畜生だ
オイオイ泣いて振り返っても
シクシク泣いて駄々をこねても
みっともないと言われるがオチだ
だから現実を見つめ直し、悔いを残さない様にと経験者は語る

たとえ大きな針があって自在に動かせても
左回りの時計にはならない
時代は移ろわない
絶対にならない
そうすれば馬鹿にされるがオチだ

何故あの時、鉢巻を巻いて頑張らなかったのか？
何故あの時……という言葉を吐くのは弱者だ
喪失したものはバイバイをして立ち去って行く
美味しそうで手を付けられなかったものが、あなたの手を振り払って
無慈悲に立ち去って行く

無情なこの世だと嘆いても
それはその路線に乗っかっているからにはお手上げだ
左回りの時計にはならない
例外などない
そうしようと努力しても
誰が手を差し伸べてくれるのだろうか？

「罪深さの成れの果て」

私の身体は罪深い
自分ではどうしてもコントロールが出来ない妄想に取りつかれてしまう事がある
そいつに取りつかれたら執拗に妄想に追い打ちされ
振り払っても、振り払っても妄想は後からついて来る
困惑し次第に二重人格になった感に陥ってしまう
私の青春はこいつの為にボロボロにされ、濃いグレー色に染められた
私の宿命は罪深い
幸が薄い
どうやら私は人を不幸に追いやる存在のようだ
実際にそう言われたし、自分でもそう感じている
だから到底、有頂天の位には辿り着けない
私の身体は罪深い
三悪道の大海に沈むだけ
私の宿命は罪深い
偉大なる大法ですら成仏する事が出来ない
逆に信徒の謗《そし》りを受けて孤立した
白紙の上の一滴の墨の如く、在ってはならない存在なのだ

「おい！　お前！　情けない……」と御先祖様の厳しい叱咤が身体に突き刺さる

頭にも背中にも心の中迄突き刺さる
あの世で御先祖様が頭を抱え泣いておられる
私の腰には生まれた時から目には見えない印籠がそっと添えられていた
そして、その中には地獄へ落ちる秘薬が入っていた

幸せにそっぽを向かれ、生きるって事は孤独で苦しみと涙と病が共存する世界なのだと
知った
私なんぞは幸せにはなれない
また、そうなってもいけない
幸せなどとは思い描いてもいけない対象なのだ
私の唯一の安らぎは、今は亡き両親の使っていた畳の部屋でその罪を懺悔し、シクシクと
声も立てずに泣く事だけだ
香をたき遺影を拝しながらいつまでもいつまでもそっと泣いている事だけだ

V

魂

「笹舟に乗せた魂」

私の魂はどんな形なのだろう？
丸いのか？　四角いのか？　或いは不定形な形をしているのか？　或いは形など元々存在しないのか……？
一度、見てみたい？

私の魂はどんな色をしているのだろう
白みがかった色なのか？　青系統なのか？　赤系統の色なのか？　それとも暗くて濃い色なのか？
一度、覗いてみたい？

私の魂は男なのだろうか？　女なのだろうか？　それとも性別など持ち合わせていないのであろうか？
一度、聴いてみたい？

私も歳だからこいつとは長い付き合いをしているって事だ
もう優に半世紀は超えている
いつも私の体の内の中にあって、共存している
瞬時として離れた事はない
しかし、こっち発信ではこいつには辿り着かない

何か感情が高ぶったり、逆に低迷したりするとこいつの存在を強く感じるようになる
いつの間にか向こうの方からひょっこりとやって来るのだ
「やあ、お待たせ……」
「おっ、来たな！」とこの五体が感じ取る
そんな時、頼もしくもあり、良き友達に会ったような親しみを感じる
けれど、こんな私の体の中にへばり付いていてもろくな事は無かろうに……
私なんぞぐらついた生き方をして、まともな人生を歩んでいない半端者だ
私と運命共同体であるからには、ある意味可哀そうな奴でもあるし、また私の全てを熟知
しているからには相当なスケベな奴とも言える

けれど、物凄く忍耐強い奴かもしれない
あの波乱に満ちていた折に、支えてくれていたのはまさしくこいつなのだ
この魂なのだ
この存在が無かったら木っ端みじんに砕け散っていたであろう
私がこの世に生を受けた時から、常に寄り添っていてくれた掛け替えのない存在なのだ
そして、奇跡の生還を成し遂げた際には、肩を組み一緒に祝杯を挙げて喜んでくれたのも
この魂なのだ

ボタン雪が降りしきる昭和の三十年代の睦月の昼の刻に私は生まれた
おそらく寸分違わずこの魂も同時に生まれた筈だ
けれど若年の私には己の魂の存在には気づく術も無かった

そんなスピリチュアルな才を持ち合わせてはいなかった
「魂などとは、どこかの霊能者が使用するありふれた言葉だ」位に思っていた
その存在に気がついたのは私が高校生の時だった
青春の木枯らしが嵐の様に吹き付け、人生のトンネルの中で光を見失い、生き場を失い、
迷える黒いネズミと化した私がいた
病の魔王に統括され、何の選択肢も無いまま生かされていた
生きる決定権など当の本人には無かった時代だった
あの時、私の命の火は消えそうな段階だった
同じくこいつも炎の火を灯す事が出来ず、手をこまねいていたに違いない
否、逆に水を掛けられ、もうすぐ消えてしまいそうな状況だった筈だ
普通だったら匙を投げていた事であろう
幽かな希望を信じ、共に立ち上がったのだ
それからお互い薄紙をはぐ様に成長していった
そこから茨の道を十五年近くも経験した
実に長い道程だった
ついに魔王との長期戦に勝利し、私は元気になった
相棒の魂さんの方も同じく元気になった
元気の位置に原点復帰したのだ
共にお互いの健闘を称え、見えない握手を交わした
けれど、その反面壮絶な戦いの末には大きなつけも廻ってきた
内面の葛藤の戦いは、想定外の結果を伴ってしまった

あらゆる対象に神経を擦り減らし、自分で自分を追い込んできた道のり
自暴自棄に陥った時もあった
魔王との戦いに勝利をしたのは良いが、その見返りとして心は疲弊し尽くし、体は衰えを
感じ始めるようになってきてしまった
踏ん張りが効かなくなってきた
それに加えて年齢による衰弱が更に追い打ちをかけた
私が年を取ったのだから、魂の方も少なからずダメージがあるに違いない
あの過酷な時代を経験し、生き抜いてきたからにはさぞかし消耗も激しかろう

もう、ここからは冒険も苦しみも最小限に食い止めたい
安穏な日々を歩んでいきたいというのが偽りのない心境だ
少しでも命を長らえる選択肢をとりたかった
ここ迄踏ん張ってきたのだ
あの仁王像の様な顔をして、人知れず堪えてきたのだ
それに、ある程度の一人歩きをする実力も経験値も備わっている
だったらこの域に私の魂を一旦私の元から解放し、休息の場を与えてやりたい
初めてこの体から離れさせてゆっくりとさせてあげたい
所謂、親心にも似た思いで
私のこよなく愛する阿多古川に赴き、川岸の笹の葉を摘み取り、笹の葉で小舟を作ってあ
げたいのだ
そして、私の魂をそっとその小舟に乗せ、清流に浮かべて束の間の憩いの時間を作ってあ

げたいのだ
川のせせらぎや自然の子守唄を聞かせてあげたいのだ
この魂様に最大の敬意を払って
魂様が、誤ってどこかへ流れて行ってしまわぬようにじっと見守りながら
即刻、私の元へ引き戻さなければいけない存在なのだから

「察知」

およそ人間とはか弱い生き物だ
八方塞がりの状況になって初めて人生の壁に気づく
睦月に降る雨に怯え、涙する様はとてもか弱い
想定外の事象に対して今更の様に赤子になる
人間とはか弱く儚いものだ

およそ人間とは弱い生き物だ
八方塞がりの状況になって命の終わりの理を知る
未体験の経験との遭遇
心が未熟で軟弱で越冬が出来ない
周りには打ち明けられない混沌の煩悩に浸っている
そこにプライドが壁となってその行く手の邪魔をする
終には命の臨終こそが美徳と悟ってしまう

人は八方塞がりになって
人生が酷である事を知る
人は八方塞がりになって
己の孤独を知る
その局面を救ってくれるのは

信仰以外に無いと私は思っている
そう感じている

「仕事」

紆余曲折を描いた道だった
バキバキにへこたれもした
人一倍働いた……一切手抜きなしの取り組みだった
強い責任感が私のトレード・マークだった
プライドが許さず、辞めようかと考えた事もあった
結果を出し羨望を集めた時もあった
Ｍｒ．パーフェクトとかマイスターと同僚は呼んでいた
若い後輩に度肝を抜く叱咤をした事もあった
この期間中に不動産を二度購入出来た
この期間中に二親を亡くし、失意のドン底に堕ちたりもした
戦闘不能になり、長期間休んだ事もあった
離婚をしてしまった……、その結果、そこから一人で生きていく道を模索した
料理はその一つの手段だった
道を逸れ、欲望と快楽の虜になった時期もあった
この期間中に長く患っていた心の病を完璧に克服した
リーマンショックとコロナもこの期間内の出来事だ
この季節なくして私は語れない
この季節なくして現在は語れない
この季節なくしてこの体を維持は出来なかった

この季節なくしてサラリーマンとしての締め括りは出来なかった
この季節なくして夢は語れなかった
この季節なくして土台は出来なかった
無類の魂もここで産まれ、育んできた

大きな大河の流れを作ってもらった
私はこの大河の流れに沿って残された道のりを歩んで行く
刻み、そして、学んだ事を支えのバネにして
社会に根付く荒れ狂う学び舎の体験者の誉れも高く
ありがとう！　仕事の季節
ありがとう！　私が勤めていた会社さん

「士魂の魂」

どんな逆境に遭おうとも
士魂の魂がある事を忘れまい
どんなに死にたくなっても
燃え滾《たぎ》った士魂の魂がある事を忘れまい

あの時代に耐えに耐え、風雪を乗り越え、この魂を生み育てて私なりに熟成させてきた
私風の魂、私色の魂は存在している
そして、かなり半端ない魂だ
ギンギンに燃え滾っている魂だ
ゴーゴーと音を立てて周りを威圧している魂だ

あらゆる局面に一度は涙し、挫折し、再起不能になったように見られようとも
転ばぬダルマが転んだ様な状態になろうとも
この伝家の宝刀があれば心の平和は必ず訪れる
深い闇夜を一振りのもと晴天に一変させられるのだ
そんな士魂の魂の所持者が私なのです

「慈恩の人」

慈恩の人
素知らぬ顔をして私をずっと支えていてくれた
遠巻きにして私の事を心配していてくれた
例えばスープに入れた隠し味、家に飼っている吠えないワンコ、川の中の水草みたいに
しかしながらある日、慈恩の人が病の末についにこの世を去って行ってしまった
私は深い悲しみの底に堕ちていき、例えようも無い寂しさに打ち震えた
大きな拠り所を無くした私は、いきなりどっさりこと最小限の日々の生活をたった一人でこなさなくてはいけなくなってしまった
ともすると弱い自分は現実に負けそうになり、お酒でその憂さを晴らす逃げの生活を送るようになった
その方が一見楽な手段に思えたからだ
実際、魂の抜け殻の様になった私は、ヨレヨレの状態で喘ぎ、煩悩の杯でふらついていた
脚は絡み、視点が定まらず、思考回路は半分麻痺した状態に陥った
過酷な仕事と失望の日々に疲れ果て、ギリギリの生活は風呂にさえ入るのもおっくうな状態であった

静寂の和室に飾られた慈恩の人の遺影
あちらの世界から私を優しく叱咤し、心配そうな笑みを薄っすらと浮かべている

その慈愛に満ちた空間が私の安らぎの場・叱咤激励される道場・心地良い眠りを誘引出来
る場となっていった
遺影を見つめて私は思った
然らば、慈恩の人の足跡を偲び
慈恩の人が遺し、大切にしていた教えや教訓を背中のリュックの中から引きずり出して
それを盾に残された人生を歩んで行こうと
あの世で褒めてもらえる存在になろうと

「時の魔術師」

今年も足早に月日が通り過ぎていった
何の躊躇もしないで、世間を騒がせながら……
もし、時の魔術師がいたのなら、どんな手を下すであろう?
時間の波を自由に操るのだろうか?
以前の時の波に戻って歴史を変えてみたり、或いは未来に先に行って待ち伏せをするとか?
いや、そうではなかろうと思う
時流の大きな波に乗っかって、きっと大きな仕事をするに違いない
他人に波風を立てずに、自身だけに固執して
時の魔術師
成れるのならば、照れ屋の私が大きく右手を上げたい
今の世の中……、いっぱい変えなければならない事が多過ぎるから

「時間軸」

弱った心をエイヤー・エイヤーと奮い立たせなければいけません
それが可能かどうかは当の私にも分かりません
今の私には分かりません
そして、今の私には出来ません
今の私は空気の抜けた風船そのものです
気持ちが沈み覇気が全くありません
気持ちが乗らないから体も重く、なかなか動きません
仮に鬱の状態だったとしても薬の力は借りたくはありません
只、時の流れに身を任せて彷徨っていたいのです
だからと言って刹那的な生き方はあまり宜しくないと思っています
それは逃避行であり、か弱い魂の抜けた生き方なのではなかろうかと？

時間が欲しいだけです
今はこんなにしょぼくれてはいますが時間を掛けて心の中を整理し、また元の鞘に戻りたいのです
その為に時間が欲しいのです
たとえ前につんのめっても良いから今迄の様に前向きな姿勢でありたい
小さな殻に引き籠もったカタツムリにはなりたくはない
そう思っています

あの天空に煌めく星の光
現実に見ている星の光は少し離れたものでも気の遠くなる位昔に発した光だ
そんな想像を絶する時間軸の中に人は生きています
今回、私はある出来事で挫折をしましたがこれも時間の中のたった一コマです
そう思うと人生とはほんのちょっとした寸劇みたいなもので、その舞台で喜怒哀楽を感じながら生きているとも言えるのです
私はふと思いました
どうせ寸劇の様な儚い人生ならば、個々に合った価値観を抱きながら生きていく事がすごく大切な事ではなかろうかと
それが与えられた時間軸の舞台の心地良い生き方ではなかろうかと

「時宝」

まだサヨナラをしたくはなかった優しかった方々
もう少しその生命を繋いで欲しかった私の家族
時流は私の大切で愛するものを次々と奪い去っていく
あれもしたかった
あの事を謝りたかった
もっと素直でいたかったといくらワーワーと叫び悔やんでも
「待ってください！」と後からいくら叫んでも
仔犬の遠吠えよりもその声は力無く

時の経過は容赦なく、そして無慈悲に走り去る
大切な事は今という時の大切さを理解し
今という時を大切にする事である

「時流」

時は流れていく
ずっと手の届かなかった、私の飛び散った夢の欠片を残したまま
取り残された無残な欠片は一体どうなるのだろう
誰が拾ってくれるのだ
誰が取り繕ってくれるのだ
誰が修復してくれると言うのだ
それとも跡形も無く消え去ってしまうというのか

時は流れていく
けれど私は諦めたりはしない
木っ端みじんになってしまった夢を、何らかの接着剤で繋ぎ止め
きっと元の形に戻してみせる
そして、もう一度その夢を叶える為の日々を送るのだ
時は流れても私の心は動じたりはしない
妥協もしない
ましてや土下座などするものか
いつまでも健康でいるとは限らない
限りある身の寸劇のドラマの主人公なのだから
私みたいに時を逆戻りして逆らう人間がポツンといても良いではないか

けれど、この時というものが嫌いになった訳ではない
やみくもに逆らっている訳でもない
時の流れに乗っかったお陰で随分とその見返りも受けてきた
成長もさせて貰った
時の大きな波と小さな波と
その上げ潮と、下げ潮と
大潮・中潮・小潮・長潮・若潮……、様々な時の波と戯れてきた
私は海鳥の様に時の中を飛び交い・舞い・闊歩してきた
その大海の中に真っ直ぐ飛び込み、幸の餌を探し求め、それを取り込んできた
宝の恩恵を受けようと飛翔の刻印を次々と投じてきたのだ
その傍ら、沈み行く綺麗な夕日に向かって明日の希望を語ったりもした
逆にそれに手を合わせ、大乗の経文を諳《そら》んじた重たい日々もあった
時の流れと共に、時の流れの後押しを受けながら、時の流れの下で歩んできた
だから私は時を大切にしたい
今という時を大切に温めてもいるんだ
喜びも悲しみも全て受け入れながら

さんざめく星々の滴の下で
悲哀とか
苦しみとか

孤独とか
夢とか
恋愛とか
全て時の流れと共有しながら
時の流れと真正面で対峙しながら悩みと戦っている
たまには時の流れに歯向かい、敵対したりしながら……
そうしてコツコツと生きている私です

「自画自賛」

孤独を慈しむ
最近の自画像がくっきりと見えてきた
寸前までは愛を追い求めていた
けれどどうやら私には孤独スタイルがカッコいいみたいだ
勝手にそう思い、勝手に自画自賛している私がいる

「ユートピア」

そのユートピアを探してみなさい
現実味はないけれど
きっと心が温まりますから
そのユートピアを心の中に仕舞いましょう
そっとそっと心の引き出しに
くじけた時に救いになりますから

「ダンス」

この舞台にはあちこちに石ころが転がっている
ともするとそいつにつまずいて思わぬ怪我をする
けれども僕はこの舞台をパラダイスの様に感じて
昼夜問わず踊りまくるのさ
今日も明日もね

「軸」

この軸だけはブレてはいけない
毅然とピンと真っ直ぐに突っ立っていなければならない
何故ならこの軸は生きていく為のベースの軸なのだから
X軸方向にもY軸方向にもZ軸方向にもブレてはいけない
ブレさせてはならない

「私」

強靭な精神力
強靭な生きる力
そして、強靭な魂
私は負けてもまた這い上がる
これが私だ

「復活」

怒涛よ、来い！
風力よ、増せ！
願わくは阿修羅にも成ろう！　身も心も

「失くしたステッキ」

その日の不自由な老人は、ある日歩く時に欠かせないステッキを失くしてしまった
失くしたステッキは今頃、何処に在るのだろう？
雨にさらされる場所にあるのかもしれない
悪意の第三者の凶器になってしまうかもしれない
反対に別の足の不自由な方の手助けになるのかもしれない
あるいは落とし物として警察に届けられ保管されているかもしれない

ステッキ無しではいつも通い慣れた道でも歩く事は出来ないと老人の家族は大方そう思っていた
ところが翌日の朝を迎えると老人はいつもと同じ様にそそくさと仕事へ行く準備を始めたのだった
家族はその様子を見てステッキ無しでは歩けないと老人を強く諌めた
新たにステッキを購入するまで待てば良いではないかと……
すると老人は忠告した家族を諭すように静かにこう言った
「確かにステッキ無しでは歩くのは不安だ。けれど私にはステッキの代わりになる研ぎ澄まされた心眼があるのだよ！」と老人はそう言い張ってドアのノブを開け、ややもたつきながらも外へ出て行ってしまった
失くしたステッキが老人の心眼を徐々に育て上げたのであろうか？
あるいは元々老人に備わっていた才能なのであろうか？

それとも通いなれた道だからこそ出来た奇跡の行動なのであろうか?
いかにも鮮やかな朝日が燦燦とビルの谷間から漏れている
勿論、ギクシャクした足取りでも間違いなく目的地へと向かっている老人の顔も照らしていた
おそらく老人はその朝日を心の眼で感じ、じっと見つめ、両手を合わせている事であろう
そして、その温かな慈光はこの日の老人の竹細工の職人魂に火を点けた事であろう

「実在」

もう一度、あの日の光をこの五体で浴びてみたい
もう一度、あの日の温もりをこの魂で存分に感じ取りたい
忘れ去ることのないように
いつまでも元気でいられるように
旧いアルバムだけの話にならないように

それは全て過ぎ去った訳ではない
そして、失ってしまった訳でもない
相変わらずにそこに存在している筈だ
どっしりと腰を落としてこちら側を観ている筈なのだ
ただ、今は心の視点がブレ、それが分からないだけなんだ

「寂しさ」

街路樹の枯れ葉が、風に乗って寂し気に舞う姿はすなわち我が心模様
落ちた枯れ葉を手の平に取って、そっと眺めるはすなわち汲めども尽きない我が哀愁の念
手に取った一枚の枯れ葉の葉脈の数を訳も無く数えては瞬時を過ごし、香りはあるのかしら？　と鼻に当てたりするも興味による所作であり
要はどっぷりと覆い尽くされた寂しさに心はおののき、そして泣き叫び
それは例えばつらつらと手紙を書くという様な体ではなく
別れの手紙を突然手渡された様な体で心が塞がっているのである

寂しい
寂しい
寂しい
ひたすら寂しい
愚策の酒を飲んでも解消せず
親しい友との楽しい語らいがあっても解消せず
一夜限りの女体を抱いても同様で……
私の寂しさを感じる心の念は、相当根深い所にドスンと居座っているようだ
様々な策を採ってもビクともしない
決して立ち去ろうとはしない
嗚呼、思い返せばこれまで浮き草の様なこの路だった

確たる道標を持たず、波乱の運命に従い翻弄され続けてきた
すべてをくるると怒りと破滅と別離と孤独と不摂生がひしめき合う路だった
他には何も無い路だった
よくもまあここ迄堪えてきたものだなと我ながらに感心している
これも私の数少ない取り柄の一つなのであろうか？

けれど剣難の道は誰しも望む道ではない
そうしてみると私は人の望まない嫌がる部分を歩んできた訳で
その一つの防御策として、自分自身をばっさりと見下す思考回路が自然に出来上がってしまっている
人間こうなってはおしまいだ……
次が無く、成長も遠ざかり、希望の灯もとうに消え失せてしまうであろう
まさしく惨敗将軍の成れの果てだ
安楽を探せない放浪者のあがきの姿だ

私はもうすぐ還暦の歳を迎える
家の住人は私一人だけだ
だから対話をする相手もいない……常に一人だ
身近な人は概ねこの世を去って行ってしまった
日々仕事と両立して家事全般をこなしている
食事も一人だから、さして美味しくは感じない

好きだった旅行も家族の他界後途絶えてしまった
恋人を探そうとは思ってはいるが、かなりの奥手である
一番の楽しみはお酒だが、最近そのつけが回って体に変調を覚えている
どうやらお酒も止めねばならない時を迎えたようだ
そうやって私の前から好きな対象がまた一つ減っていく事になってしまう
何の因果なのであろうか？
じわじわと私の愛する対象が増えることなく、逆に減っていってしまうこの現実
みなバイバイと私に向かって手を振り、背中を向けて見えない所へ旅立って行ってしまう
孤独の人生のレールを随分と歩んできた
けれども孤独が好きだなんて言葉は吐きたくはない
むしろ人生を明るく楽しく生きていきたい
ワイワイ・ガヤガヤと＝これが私の偽らざる本音である
この初秋のちょっぴり肌寒い風が身に染みる季節は寂しさを演出する名人である
私はコオロギやスズムシみたいに単独で綺麗な音色を奏でる事は出来ない
この季節に便乗して自ら進んで美を演出する事は出来ない
私の場合は年々増していく寂しさに深い溜息を吐くのがオチだ
いっその事、新種のコオロギやスズムシになり変わって、寂しい心の内を涙と共に奏でてみようかしら
一人寂しく嗚咽の念を延々と…………
そして、この季節を静かに遣り過ごしたい

秋を越えたいのです

「受け身」

幸せは黙っていても転がり込んできたりはしない
幸せは受動よりも、それを真摯に求めゆく能動の行動の先に存在する
多分幸せの方程式とはそういったものであろう
けれども僕は不器用だから好きな音楽に日々身を委ねて、その日が来るのを気長に待つ事にしたのさ
何もせずに、只じっとして辛抱強く待つのさ
いかにも他力本願で受動的な策かもしれないけれどね……
心を平穏に保って、その機を待つって手段なのさ
それは僕流の手段だ
それが僕のベストマッチな策だと思っている
このスタイルだったら、仮に予想外の結果に終わったとしても決して後悔は残らない筈だからね

「悩みの園」

ついに丸飲みにされてしまった
光の射さない真っ暗な底無し沼の様な所へ
衰弱しきった私の魂も丸飲みにされ、炎が消えようとしている
何故なんだ？　一体、どうしたというのだ？
ついに頭も心もいかれてしまった
ひどく困惑した刺々しい思いに支配され、まともな分別が出来ない人間に成り下がってしまった
何の報いなのだ？　一体、何があったというのだ？
どうして次から次へと面白いように私を苦しめる難題が勃発するのだろう？
「もう耐えられない！」
「どういう因果なのだ！」
「人を馬鹿にするな！」
生きる本筋を失ってしまったようだ
およそ深い悩みで八方塞がりになった時には、解決の策は往々にして見当たらないものである
穴を忘れたモグラ
巣に戻れないひな鳥
故郷を忘れ去った鮭の群れ
厚く深い悩みに苛まれ、人生に立ち往生してしまっている

生きる方向性が完璧に違う方へと転換しようとしている
それによってズドドドーンと心を深くえぐられて、嗚咽が漏れるほどに頭を抱え考え込む日々が続いている
四六時中悩んでいる
身体から血の気が引く日々が続いている
悩みの園に悪しき雑草が生い茂り
悩みの園は真っ暗で幸の光は届かずに
悩みの園に悪魔のささやきの様な風がヒュー・ヒューと走り抜け
悩みの園は益々大きくなっていくばかりです
だから、たまに死の選択を考えたりもします
逆にそんな事ではいけないと自身を諌めたりもしています
悩みの園から這い出る為の思考回路は限界に達しながらも、奇跡の木漏れ日が当たる事を信じているもう一人の私がいる事も事実です
否、木漏れ日でなくても良い
蛍の発するような幽かな光でも確認出来たら良いのです
もしそれを確認出来たのなら、そこはおそらく静かなジャズの調べが流れている夜のとばりの様であり、さぞかし心地良い環境であるに違いないのです
今私は僅かに残された魂を取り戻し
蝋燭の火の様に弱りかけた魂を寄り戻し
悩みの園の雑草を刈り取り
悩みの園に光を呼び起こし

悩みの園に幸の春風が吹かん事を祈り
悩みの園が小さくなるように再生の道を歩み出そうと努力をしています
その解決の糸口が見つかる迄ね

「渋川・寺野」

ここへは幾度となく通った
母親の実家がある所である
母親に連れられ妹と正月には毎年の様に泊まりに行った
途中まではバスに揺られ残りは歩いた
バス停で下車してから狭い山の林道をひたすら歩いた
誰に出会うのでもなく、くねった林道は果てしなく続いた
日があまり差さない深い茂みと道の下には一筋の沢が流れていた
心地良い小鳥のさえずりがここかしこで鳴き響いていた
里帰りの為か母親の顔は常に明るかったし、その為会話も弾んだ
母親は懐かしそうに自分の幼少期を語った
普段の生活ではあまり口にはしない内容に新鮮味を感じたものだった
やっとの事で一軒の民家が目に入った時にはやれやれという安堵感に包まれたのを幼心にも覚えている
渋川の寺野は山深いところにある集落だ

母親の生家は木造平屋の古い家であった
庭にはキンカンの木と渋川つつじというその土地に咲くつつじが植わっていた
玄関先正面の向こう側の山には斜面を削って鶏の飼育をしているハウスがあり、夕刻になると裸電球の灯りが印象的だった

そこには昔、大きな大蛇が現れたという言い伝えがあるが定かではない
トイレは屋外にあり、ちょっと不便であった
母親の姉妹は全部で五人いて一番上の長女が家を守っていた
母親は五人姉妹の四女であった
正月に顔を出すのは残りの姉妹の中でも母親だけであった
コタツを囲んでの団欒はとても明るく温かなものであった

時は流れて母親も他の姉妹も皆他界してしまった
多くの歳月が流れ、多くの悲しみが過ぎ去っていってしまった
引佐町渋川寺野
私が死ぬまで絶対に忘れてはいけない心の故郷である
今年も亡き母親の分骨の収まっている小さな骨壺と母親の愛した愛犬の骨壺を手に抱え渋川の地を訪れた
そこはあの時とあまり変わらない風景であった
墓前に手を合わせると鮮やかにあの頃の思い出が浮かんできた
私ももうすぐ還暦を迎える年齢である
私は多くの苦労を経験し白髪が随分と増えてしまった
仕事に行き詰まった事もあった
結婚も失敗に終わってしまった
信頼を裏切ってしまった事もあった
酒に溺れる弱い人間であった

死にたいと思った事もあった
辛酸を舐め紆余曲折を経験した

嗚呼、あとどの位この渋川を訪れる事ができるのだろうか？
少年の日々から記憶が褪せない引佐町渋川寺野
そこは珍しいつつじが咲き誇る深い山間にあるのです

「獣道」

私の生きてきた道程は獣道だ
生きるか死ぬか二つに一つであり、その中道は無い
孤独で病んだ獣が生きゆく術に平凡は無い、仲間も居ない、金は無く、流浪のサスライの民だ
前に進んでいく要素は皆無に等しい
話す相手も居らず、その日の食にも困窮し、空に瞬く星々は単なる絵本の世界の題材に過ぎない
須《すべか》らく平等という甘言は嘘っぱちだ
命の尊さを言うのなら私の立場に立ってみろ！
青春の甘い思い出を語るなら、私の前では語るな！
金の想い出だけがアルバムと言うのなら、そんな物は焼いてしまえ！
現に私のある時期のアルバムは手元には存在しない

光さえ当たりにくい深い深い山林の、これが道かと思われる痕跡が私の道なのです
素人には分かりません
その区別も付きません
同じ立場に立って、初めてにわかに分かる獣道なのです

「純白」

潔い生き方をしたい
存分に空気を吸い込み、そして思い切り吐き出す
切れ味の良い生き方が良い
自分の渾身の力でやり遂げ、美しい軌跡を残したいな
生きている証を残したいな
この美しい自然に囲まれながら

「幸せの種」

たとえ小っちゃな事でも
それを見つけ出して沢山笑えたらどんなに幸せだろう
幸せ探しはまずは心に余裕を持たないとね
でないと幸せの種がどこかに吹っ飛んでしまってチリヂリバラバラ
深い草むらにでも入ってしまったら探すのは凄く大変になるからね

「所感」

哀しみの鉢の底にスプーン一杯の笑いの粉を与えて下さい
息も絶え絶えな私の朽ち果てた心に、一瞬でも良いから夢を与えて下さい
もう、こういったどん底はこりごりだから
はっきり言って、こういった生活を送っていると体が持ちませんから
限界ですから勘弁してください
同じ人間として、これ以上格差があってはならない事ですから

もしもこの身体がもっと軽かったのなら、あの虹の彼方まで飛んで行けるのに
もう少し私の運命に幸福の因があったのなら、もっと別の道を作り出す事が出来たのに
私の性格がもう少し図々しく太っ腹であったのなら、もっと大胆に生きる事が出来たのに

「小っちゃなトンボ」

私は小っちゃなトンボです
体力がありませんからあまり遠くへは飛べません
身を守るのが精一杯なところです
身体が小さくて細いから葉っぱなんぞの陰に隠れています
食も細いです
強い風のある日などは上手く飛べません
小っちゃいから色々と制約が入ります
けれどこの身体を悔やんだ事は一度もありません
だって私は私で、他の立場や世界を知りませんから
私は、私の立場で生きていくしか他に術はありませんから
どこまでいっても小っちゃなトンボなんです

「消す」

滝の様な雨に打たれたい
雨具は要らない
脳天をそいつに嫌というほど押し潰されたい
そして忌まわしい思い出を消し去り
怪しげな欲望に振り回されている我が身の
頭の上から足の先に至る迄きれいに洗浄し尽くして貰いたいのだ
そうする事で別の自分を作り上げて貰いたいのだ

滝の様な雨に打たれたい
夜の冷え切った舗道に立ち尽くし
靴さえ履かず仁王立ちになって
頭を低くうなだれて
脳天をそいつに嫌というほど押し潰されたい
誰が見ていようが知った事じゃーない
風邪をひこうが知った事じゃーない
外見も羞恥心も捨て去って
只々、滝の様な雨に打たれたい
そうする事で別の新たな道を探し出したいのだ

「心の裁判所」

幸不幸は誰が決めるのでもない
自分自身が感じるもの
自分の心の裁判所が下すもの

幸不幸は誰が決めるのでもない
一つのスプーンがありまして
不幸を感じたらそのスプーンの中から幸せの粉がポロポロと落ちていってしまい
幸せを感じたらスプーンの中の幸せの粉がてんこ盛りに膨らんでいくのです
まん丸く、まん丸く膨らんでいくのです

そして、人の生き方を真似るのではなく
自分の生き方を確立し
そして、その路線の上を歩いて行くのです
今日も自分らしい生き方をしたい
そうしたい、そうしたいと願うのです

「緑の萌ゆる日々」

僕が好きだった緑の日々
そっとそよ風があの木々の葉を揺らし、自然のメロディーを聴かせてくれていた
あの頃、あの日……
三〇円で好きなお菓子を買い、遊びまわったあの故郷
阿多古川、そしてあの小学校の校庭と教室
朝から晩まで遊びまわっていた
やんちゃで遊び友達の親から後ろ指を指された事もあった
幼い恋心が芽生えたあの教室
恐れを知らず苦悩も知らず無邪気だったあの頃
それらは全て緑色の日々であり、緑色の宝石だった
何よりも代えがたいかけがえのないものだった

幾つかの季節が過ぎ去って
あの時、吹いていた風はいったい何処へ去ってしまったのだろう?
あの時、僕を取り巻いていた人達はいったい何処に行ってしまったのだろう?
何故か僕だけが時代の流れに取り残された様な錯覚に陥ってしまう
そう、籠の中の鳥の心境なのかもしれない
ずっと、ずっとあの時のままで良かったのに……
何の不足も無かったのに……

全て順調だったのに……
今、僕の前にはあんなに好きだった緑色が見えなくなり、代わりに得体のしれない透明の色が見える毎日だ
来る日も来る日もそんな毎日だ
そんなに好みの色ではないのに……

大人になってしまった今、再びあの緑の日々は訪れるのだろうか？
それとも僕の人生の中であれがたった一回の経験だったのだろうか？
死ぬ前にもう一度あの季節を感じたい
あの香しい匂いを嗅ぎたい
もう一度木々の葉を揺らすそよ風のメロディーを聴いてみたい
あと一回だけで良いから
だから、最近僕はあの小高い山によく登っているのだ
何かの手掛かりが掴めるかもしれないから
そう思い
そう感じながら

「路」

日が出ても心は晴れず
暗闇の中を手探りでヨチヨチ歩く
もがき・苦しみ万里の様な路は果てしなく続く
くねっているその先は到底見る事が出来ない
あの夢は、何処に置き去りにしたのか？
あの日、喝采を浴びた君は陽炎と化したか？

過ぎゆく季節の中で悲哀を感じ続けて何が残る……
戦う魂の燃え上がる情熱が、未だに残っているのならば
再び王道を歩いていけるというのに

「老人の性」

あの丘の上に乗っかっているコテージには旧いすすけたランタンが吊るしてありまして
そのランタンは何でも旧ドイツ軍が使用していたランタンと同種の一品だそうです
老人はそのすすけたランタンが放つボンヤリとした素朴な灯りが好きで、いつも天気の良い夕暮れになると近くにある小さな街からテクテクと歩いてやって来るのです
今日も夕焼けが鮮やかで、丘の上から見下ろす街はオレンジ色にどっぷりと染まって見事な情景です
老人は街の風景を背に小石の敷かれた緩やかな坂道をハアハアと息を上げながら同じペースで登っていきます
老人は薄茶色の肌をして白い顎髭を豊富に蓄え、身体はわりとがっちりとしています
いかにも苦労人といった風のオーラを放っていますが、目は活き活きとして少年を思わせる感がありました
老人は街の外れに一軒家を構えて一人暮らしをしています
過去に家族がいた時期もありましたが、離婚と死別の末、一人暮らしを余儀なくされる羽目になってしまいました
けれど孤独が老人の性に合っているらしく自身の生き方にはいささかも不満を持ってはいません
程なくコテージに着いた老人は窓を全開にして新鮮な空気を室内に取り込みました
老人は手狭ではあるけれど自宅よりもこのコテージの方がお気に入りです

コテージの脇には一つの小さな写真が飾ってあります
男の幼子の写真です
おそらく老人の孫か息子さんの写真でしょうか？　殺風景な部屋なのでひと際目を引きます
坂道を登ってやや息が切れた老人は、呼吸が少し落ち着くと部屋の真ん中に置かれた大きな木製の椅子にドカンと座り込みました
そして、小さなウイスキーの瓶のキャップを開け、静かに口に運んでチビチビと喉に流し込みました
チビチビと口の中に流し込んではフ～ッと深い溜息を漏らすのです
この瞬間が老人の一日の中で一番大切で至福の時間なのです
時は流れてコテージに唯一ある小さな窓からは三日月がゆっくりと、そしてくっきりと見え始めました
それを見て老人はお気に入りの吊るされたランタンにそそくさと灯を灯しました
急に薄暗くなったコテージの中が温かい癒しの空間へと様変わりしました
老人はリュックに入れてあった今晩の夕食を取り出し、静かにテーブルの上に置いてから両手を合わせ夕食に手を付け始めました
老人の最高の好物は何を差し置いてもお刺身です
もう一つの老人の酒の肴は未だ朽ちる事のない過去の思い出です
初秋の冷たい風が戸口からスーッと入り込み、白い焚き火台の煙たい煙に巻かれながら老人の宴がいよいよ始まります
今宵の老人の話し相手はどうやらポッカリと浮かんでいるあの三日月のようです

「我が家の掛け軸」

数年前に何の意味合いも無く購入した掛け軸
殺風景な床の間のにぎやかしに購入した代物だ
書家の名も知らない、書には無頓着の私だ

その掛け軸が床の間に飾られ、何年も視界に入ってはいたが、その存在感は全く希薄だった
しかし、家族の他界が相次ぎ、そして、くじけちまった魂を背負うようになった今
その掛け軸を直視すればあまりに気高く
そして、ずっしりと重たい掛け軸になり変わっていたのです

「森林のカタツムリ」

私は森林のカタツムリ
雨上がりの霧が薄っすらとかかった森林にちょいちょい現れます
大気中の塵や埃がすっかりと洗い流され
残った雨の雫がそこかしこの葉っぱからポタリポタリと転げ落ち
小鳥のさえずりがどこかの木々から聞こえてきて幽玄な風景になります
私はそうすると久方ぶりの開放感に浸れるのです

私は森林のカタツムリ
静かにひっそりと生きています
世の中のうさんくさい出来事や煩雑なシステムとは全く縁がありません
ただこの身を深い森の中に置き、自由気ままに生きています
何も考えず欲せず、ゆっくりと歩み、生きています
孤独という言葉は私にはありません
一つには私は目がかなり小さいので、あまり外の世界の事が分かりませんから……
二つには「我関せず」が私の信条だからです
私は森林のカタツムリ
ひっそりとひっそりと生きています

「アップル・ロード」

闘病中の母を抱え
最後は、色々な所へ連れて行ってやろう……
愛犬と三人で、そば処信州へと車を走らせた
本場の蕎麦を食べさせてやりたかった
蕎麦のみ食べて自宅へ戻るというシンプルな計画だった
黄金の思い出作りをさせてあげたい……その一心だけであった

【指差呼称！】

ピース（愛犬）の水とシートは良いか？　……ヨシ！
ピースのおやつは良いか？　……ヨシ！
母の体調は良いか？　……ヨシ！

気合一番、愛車のクラウンを南信州へと走らせた
幸い天候には恵まれ、行きは一般道をひたすら走って行った
山間のくねった道で、途中工事により林道の細い道への迂回を余儀なくされた
時折、ルームミラーからチラチラと何気ない素振りで母と愛犬の顔を覗いた
普段同様、仲睦まじい光景ではあったが、今後こういった旅路を一体いつまで続けられるのであろうか？　という不安が頭をよぎった

母は気丈に振る舞ってはいる
顔色も良い
けれど厄介な病を患っている事には変わりはなかった
元気な私が厚い恩返しをすべき時が来た事を切々と痛感した
自分の時間は割いてでも、後部座席に乗っている母の為に尽力しなければいけない
それもここ二、三年の間の話だ……母が元気なうちに……
その思いをルームミラー越しにしっかりと再確認した

誰が名付けたのかこの道の名を？　たわわに実ったリンゴを想像するだけでも芳香なロマンの思いがよぎる
青空に映える赤や黄色のたわわに実ったリンゴ……
静岡ではマスクメロンやみかんやイチゴなどは栽培されているフルーツではあるが、リンゴとなるとあまり馴染みがない
アップル通りの通り沿いに目指す蕎麦の店はあった
まだ真新しい清潔感が漂う店だ
探すのにやや手間取ってしまい母をヤキモキさせてしまった
こんな時ピースの存在はありがたい
母のヤキモキした気持ちのはけ口になってくれた
ピースを車中に残して信州の蕎麦に舌鼓を打った
蕎麦特有の香りと喉越しが旅の疲れを癒してくれた
今回の旅の目的の達成である

けれど、本当は蕎麦などどうでも良かった話なのだ
車で母の可愛がっているピースと一緒に行動が出来れば良かった話だったのだ
アルプスの連山を遠目に拝しての南信州の蕎麦喰いの旅
どこからか吹く風に運ばれて、リンゴの甘い香りが薄っすらと鼻についた様な気がした
あわよくばこの自然の香りが、母の延命の手助けになってくれる事を密かに願った私だった

中央道の帰路には幸福の醍醐味の満足感を手にした三人がいたのであった

「とんび」

一羽のとんびが天高く浮かぶように飛んでいる
さほど羽ばたかず優雅なようであり、また気だるそうでもある
澄み渡った青空の下、春光を浴び下界を見下ろしている
「ヒューヒュルーン・ヒューヒュルーン。この広大な空を制するのを任としている身でございます。或る時は空高く舞い上がり悠々と下界を見下ろし、また或る時はすきっ腹を抱えて獲物に襲い掛かり貪り喰うのさ」
「ヒューヒュルーン・ヒューヒュルーン。この天の頂きに限りなく近づけるのは、鳥獣多しといえどもこの我ら一族を除いては他には無きなり。それにしても煩わしきはあの下劣で愚かな人間どもの無様な様よ！　日に日に戦に明け暮れ、天変地異に身を砕き、結果我らの餌食となる。春夏秋冬いくばくの成長も無く、一定の理も持たぬ。此処かしこには死人が蔓延し、またそれを供養する人もまばらなり。漢土より思想を持ち寄り研鑽するも、その教えあまたにして難信難解なり。ましてやそこから解脱の位に到達するは須弥の山の針の例えに類して未だその報を聞かず。愚かな者よ。愚かな者達よ」
路肩にある大きな石に腰を落として空を見上げる一人の者あり
それを見てとんびが興味深そうに飛ぶ位置を変えてその者に近づいてきた
その者はとんと興味が無い体で何やら口ずさんでいた
「もし、我はこの広大な虚空を制するとんびじゃ。はてさてお主は何者じゃ？」
「最澄という者でございます」
「お主、此処で何をしておるのじゃ？」

「経を誦んじておりまする」

「ホウ、その経とは一体なんじゃ？」

「一乗の教であります」

「はてさて……、それはいかようなものじゃ？」

「遍《あまね》く全ての人々を仏の道に導く教えであります」

「ホウ、この世は争いが絶えず、病も蔓延り死者が蔓延している。お主はかように乱れ切った国を救えると言うのか？」

「左様に存じます……。只、我は若輩の身。仏の教えをより一層極める為に、これより比叡山に籠もる覚悟でございます」

「ホウ、健気な者よ。自身の得道ばかりに固執する輩ばかりが蔓延っている時代だというのに。拝するところ、さして年端も行かぬというのにあっぱれなものじゃて。はてさて、然るにそなたに法味《ほうみ》の光は当たりそうかな？」

「この身を静かな所に置きまして研鑽に明け暮れる所存です。我が師である行表との硬い契りあるからには、たとえこの身を捧げても唯一一乗の大法を身に纏う所存です」

「おおっ！　あなたこそ、いつぞや聴聞ありき天台、もしくは三蔵の流れを汲むお方であらせられたか。我が身は畜生なれども須らく改心せん。願わくは此処迄の悪行の罪どうか罪障消滅してたもれ」

「あの河の向こう側に」

我が家の玄関先にそっと飾られた一つのクリスマスのイルミネーション
夜の寒風の中、不規則なリズムでチラチラと輝いてブランコみたいに揺れている
オレンジ色単一の代物だ
それは寂しくもあり、虚しくもあり、悲しくもあり、惨めでもあり、無残でもあるような
鼓動を呼び起こし
そうかといって幾分かの期待感も底辺の方に潜んでいる
自分の中に葛藤を抱きながら飾ったイルミネーション
この作業は今年で三年目を迎える

やや大き目の二階家の一戸建てのこの家
住人の私はと言えばずっと孤独で杜撰な生活をしている
ほぼ仕事と酒浸りの日々だ
いかれた同じサイクルの日々を過ごしている
もう十年以上もこのスタイルで生きている
共に生活を楽しみ支え合う相手もいない
安らぎとか憩いとは全く無縁の生活だ
それでは誰の為のイルミネーションだ？　胸中の孤独虫が引きつって喚いているぞ！
束の間の美に浸る訳でもなく、一体、誰が見て、誰が喜ぶと言うのだろうか？
河辺にポツンと居座り、頭をうなだれている白鷺

天高く上空に漂う一羽の鳶
家を飛び出した汚れた野良猫
皆、私と同類だ
寂に明るい要素を取り入れて何になる
どはまりの人生のままで良いではないか
そんなに慰めが必要か？
けれども鷺には鷺の、鳶には鳶の、野良猫には野良猫の、かすがいとなる存在もあるのです
常に一定ではないのです

私の奥底にも、ある悔恨の光が宿っています
それはとうの昔に視界から消え失せた光です

家の前を流れる河を挟んだ向こう側には国道３６５号線が走っていて
その国道をおそらくはあの子が母親の運転する車に乗って、この家の前をひょっとして通るかもしれない
だからイルミネーションを飾ったのです
少しでも気を引くように……、「私は、ここに居るよ」と
ちょっとだけ残っていた親心から
「未練じみた話だね。息子よ！　もし君が家の前の国道を通り過ぎる事があったのなら、気づいてくれるかな？　この明かりに。敢えて地味な色にしたこの明かりに！

そうだ。あの日、君はこの家の二階にある部屋から、国道を走る車に向かって指を差しながら『ブーッて・ブーッて』と片言の言葉を口にしてはしゃいでいたね……

まだ君は二歳で僕の事を『お父さん』って呼ぶ事も出来ないでいた」

別れてからもずっと君の事が気掛かりで、車の免許証と一緒に入れておいた君の顔写真ばかりを見ていたよ……正直写真を見る度に泣いていた

辛い過去への追憶は今年もこのイルミネーションを見る度に思い出す事であろう
家族を最後まで守り切れなかった甲斐性なしの無責任な悪人＝これは自分が自分に付けたレッテルだ
自分が蒔いた種……そして、その罪への当然の報い
自分の犯した罪をこれからもずっしりと背中に背負って生きていく
年を取り、病に伏せ、あの世とやらに赴くまでずっしりと背負って生きていく事だろう

あの河の向こう側とこちら側
その間の河辺に生えるススキの葉が大きく夜風にザワザワと揺らごうと
家の傍らにある一つの常夜灯がいきなりポツリと消えようとも
そんな事はどうでも良くて
一人生き抜こうと決めている私がズデンと立っています
チラチラと輝いているイルミネーションの明かりにちょっぴり照らされて
ほらここにズデンと立っています

「やっこ凧」

糸の切れたやっこ凧は厄介だ
勇ましい顔をして
グルグルグルと回転して、私の元から去って行ってしまう
まるでこっちを嘲笑っているようだ
とんだ拍子抜けのすっとこどっこいだ
見掛け倒しだ
どうせロクな所へは落ちてはいないだろうに
武士の名に恥じるべき行為だ

糸の切れたやっこ凧は厄介だ
強面の顔をして
エイヤーッ、エイヤーッと掛け声ばかり勇ましく、甲高く
挙句の果てに無残にも空から落っこちてしまう
それは負け戦だ
それは信頼を裏切る行為だ
もっと悠々と天高く舞い上がるべきなのに
私の期待を煽りに煽って、バイバイしてしまう
オイオイ、そのしっぽは私が作ったのだよ
その糸を繋いだのも私なのだよ

それじゃー、まるで私が悪いみたいじゃあないか？
糸の切れたやっこ凧は厄介だ
本当に厄介だ
落ちた責任を全部こっちになすりつけて
笑顔の似合わぬ顔で笑っている
ゲラゲラゲラとやけに笑っている

糸の切れたやっこ凧は可哀そうだ
おそらくはあの辺だろうと走って探しに行く
思えば私が全て悪いのだ
私がしっかりと調整をしなかったから糸が切れたのだ
漸く見つけた凧の顔あたりが石か枝の類で破けていた
無残にも、舞える状態ではなくなっていた
糸の切れたやっこ凧は可哀そうだ
とんだ犠牲者だ
この生きる道に迷い、やけになり、欲求不満になって
気晴らしにそっと凧を揚げたかっただけなのに
青い空を背に、新たな開拓の道を探したかっただけなのに
自分を顧みず、糸の切れた凧に八つ当たりばかりしてしまった
意に反して悪口罵詈の罵倒を浴びせてしまった
悪いのは私なのだ！　ここに居る私なのだ！

「世捨て人」

人の知らない
所は砂の広がる荒れた大地
「あの老人は漂浪ばかりしているそうな」
「ふ～ん」
極僅かに生えている雑草の陰からハエ二匹
ブーン、ブーンと戯れながら浮かんでいる
老人の白髪が風にたなびいて、そこから松の葉が一本滑り落ちた
「おい、あいつ今までどこに居たんだろう？」
「きっと遥か東方の森の中だろうよ……松の木生えてるし」

二匹のハエがいかにも気だるそうに揃ってあくびをして老人を眺めている
灼熱の太陽が腐敗物の嫌な臭いをいぶしている
「おい、相棒、いい匂いだな」
「嗚呼、美味しいぞ！　これ」
暫くして老人は足がよろけて地に伏せた
「何だ、何だ？」
「おい、あいつ、なかなか起きないぞ！」
「ほっとけよ！　あんなの世間のつまはじき者さ！　所謂、頭がいかれちまった類の人種さ」

「かわいそうに……、どうなるのかな？　あいつ……」
「知るもんか！」
定・不定の定めに泣く者もいる
敢えて不遇に身を置く者は居ないけれど
必然的な流れに対抗出来ない者はあまたに存在する
「きっと、生まれた時代が悪かったのさ」
「おい、明日は俺たちの身の上かも知れないぜ！」
「御用心、御用心」

Ⅵ　望郷

「防風林」

深く心を静めて下さい
起きなくても構わないから、ゆっくりと体を休めていて下さい
ここまで、散々苦しんできたではありませんか
そして、あの天空に張り付いている星屑の物語も
タンポポの花を揺らす風のメロディーも
汐風のささやきも
ずっと気づかないままだったではありませんか
そんなあなたの事がとてつもなく気掛かりです

昨日、入れたコーヒーもまだ飲み干してはいません
今朝洗った洗濯物も、まだ干さずじまいです
庭の薔薇の花への水遣りも忘れてしまいました
あなたへの心の傾注は半端ありません

この十五夜の夜に、あなたへの思いを全て語ります
時が満ちてきたこの時に、ずっと隠し持っていたあなたへの思いを露にします
密閉したままでは耐えられませんから
見て見ぬふりはもうしたくはありませんから
僕は自分の心に正直になりたいのです

いつも苦しんできたこの僕の話も聴いて下さい
一人の時にはそっと悔し涙も流してきました
誰それと語る相手も家族も無く
諦めムードの僕は、このままこの街道をまっしぐらでも良かった
そのつもりでいました
でもあなたとの巡り会いで状況が変わった
ひたすら堪えて生きてきたこの僕が、唯一気を許す事が出来た人なのです
それがあなたなのです
ずっと一緒にいて貰いたい
ずっとあなたを大切に思っていきたいのです
巣を守る親鳥の様に
川辺を守るダムの様に

窓の外に輝くあの十五夜の月を観て
忘れ去っていたあなたならではの細やかな感性を取り戻して下さい
これからは、僕があなたの防風林になりますからね
あなたに吹き付ける荒風を避ける防風林になりますからね

「傘」

私は傘なんぞ要りません
晴れより雨が好きですから

私は傘なんぞ要りません
というか、もういいんです
ドップリと身も心も濡れても
乾かす手段なんて考えていませんから

私は傘なんぞ要りません
もう身を守る手段なんて考えていません
やけのやんぱちで、その方向で生きていますから
下手に策を講じて、外れた時の方が嫌ですから

私は傘なんぞ要りません
もう、人生に何も望むものは無く、そんな私が丸裸になっても恥ずかしいという思いは皆無で
ましてや、この身が濡れて溶けてしまう筈も無く
私はもう居直っていますから
私は傘なんぞ要りませんし、ましてやそんな私に傘など与えないで下さい

私はずっと底辺を歩んできた人間ですから
これからもずっと底辺を歩んでいくつもりですから
雨ばかりでなく、 辛酸の雨も望んで浴びていくつもりですから

「春望」

芽のいずる季節がもう少しでやって来る
千年の沈黙を破り、暁を迎える感がある
この混迷の時代に新しい平和と正義の息吹を感じる

昨日、虚言を言った狸は何処に
巨人と化し、悪の配下となった鬼人は何処に
世を迷わす魔人の輩
見えない糸で手をくすねている
それはモラルの底に眠る善人ぶった不知恩の戯《たわ》け者だ
世のつまはじきだ

千年の時と共に、ここに正義の剣の慈光が光る
至る所にその剣は待ち構えている
そのネットワークに密かに安堵の心を揺るがす
ハードではなく、ソフトの時代だ
力ではなく、心の時代だ
そして、民は皆賢明だ
往々にして、権力者には愚か者が多い
それが世の常だ

芽のいずる季節がもう少しでやって来る
いずるとは希望の代名詞
希望は前進の架け橋
希望は生きていく力
希望は未来
希望には行き詰まりが無い
そんな希望という看板を背中に背負って生きている
そこには行き詰まりが無いであろう

「ちょっかい」

とかく人の世は、計算ずくで動いたり
裏切りや陥れが存在する世界であるけれど
この子達は決して裏切らない
期待に応えてくれるか、自滅するのかのどちらかである
愛情を掛けた分、立派に応えてくれるのである
だから私は自然が好きだ
だから私は自然に囲まれたい
だから私は自然にちょっかいを掛けている

「崩壊のキャッスル」

濃い霧に隠れたキャッスル
雄大で威風堂々たる私のキャッスル
これまで豪雨に見舞われ、強風に煽られ、地震にグラつき
しかし、見事に耐え抜いてきた自慢の古城だ
ここにはビロードの生地など不釣り合いだ
豪華な絨毯も役には立たぬ
つまり、私の感性にフィットする仕様が良いのだ
ここの底辺には、多くの犠牲を下地に築き上げた自慢の土台がある
その石垣には困難の末に到達した技術の粋が集約されている
中途でさじを投げながらも耐え抜き、生き抜き、完成した見事な土台だ
誰かの模倣など、決して許さないオリジナルな逸品だ
ここの牙城で私は力を鼓舞した
魂の続く限り闘った
その対象は人ばかりではなかった
逆に見えざる敵の方が多くいた
魑魅魍魎の類や前世から引きずり持ってきた罪の類だ
私は、破邪顕正の剣を持ってそれらの敵と闘った
また、薄暗い炎を頼りに研鑽もした

そして、私はわずかながら日々に成長する事が出来た
闘いに勝利する事が出来た
長年、蒼白かった私の顔に生気が蘇ってきた
我が若き日に謳歌した誇りのキャッスルなのだ
持てる力を鼓舞して舞いを舞った舞台なのだ
私は、ここで見事に蘇生したのだ
よくぞこの半生を護って下さった
共に呼吸をし、共に歩んできた
この代物は北遠《ほくえん》の象徴だ

けれど長年の末、遂に崩壊の道を辿る時が来た
生あるもの、やがて死も訪れん
毀誉褒貶のアルバムをめくり、渋めの茶を飲み、束の間の余韻に浸る
人も物も時の経過には勝つ事は出来ぬ
そこには四苦の理は厳然と横たわり、それに反旗を翻しても意味がない
けれど輝いていた歴史は己が心に燦然と輝くものだ
濃い霧に隠れたキャッスル
雄大で威風堂々たる私のキャッスル
間もなく朽ちて、その歴史を閉じる事になろう
君が逝くのならば私も追随しよう
そう、お互い存分に恥じぬ歴史を刻んだのだから

「望郷」

あの山の紅葉に触れたい
もう一人歩きの準備は出来た
シューズもポールも
鈴ならぬ笛も
古のあどけない自分に逢えるかな
あの山道は崩れてはいないかな
自然の中で美味しくおにぎりを食べたいな
お腹いっぱいに

「僕所有」

この魂がギラギラ燃えたぎっている
何かに向かって吠えている
力強く、優しく
この魂がギラギラ燃えている
この魂は僕所有の魂だ

命の火が消えかけた経験もある
大都会のビルの狭間で膝を抱え座り込んだ事もある
一夜の留置所に逃げ込んだ事だってある
八方塞がりで頭を抱え込んだ蘇生の徒だ
まだ自分の名も呼べぬ幼子と離別した痛手も経験している
諸々の苦い経験を知り尽くした僕所有の魂だ
諸々の涙を知っている僕所有の魂だ

この魂を引っ提げてあのススキの大草原を駆け抜けよう
この魂を引っ提げてあの紺碧の大海を望み見ようか

今後、更なる挫折もあるかもしれない
一時的な敗退もあるかもしれない

けれど最終的には皆この魂に跪く事であろう
そんな力ある魂なのだ
それが僕所有の魂だ
この魂がギラギラに燃えているのだ
この魂がギラギラ燃えたぎっているのだ

「未完成雪」

世の人の見知らぬ遠き山に在る
シンシンと降り続く綿雪の
その一粒、一粒の粒子程美しいものは無いという
宝石よりも輝かしく
愛よりも深く清く美しいと風等が語らう
けれど甘い定めの法則に負け
一粒は身を持ち崩し
一粒は身を結ぶ努力を忘れ
一粒は美の誇りを捨てて身を滅ぼす

見るがよい
杉木立の哀願寄せる絶えざる心を
野鼠の新しき建設に働く姿を
幸福の微笑みを再び願うとするのなら
古の姿をその模範とすべき事を

「岬の先」

岬の先の強い汐風に胸を差し出し
この五体は震えるとも地に根を張ってわずかもたじろがず
機敏な五感に神経を充満し大海原をひたすら直視する
鴎の戯言に耳貸さず
怒涛の波しぶきは子守唄
この半生で培った野獣の如き魂の雄叫びを聞くがいい
波乱の大海で時時に涙した男の辛苦を乗り越え
私はかくも見事に覚醒したのだ

「再処理工場」

もしも、あなたが希望を捨てると言うならば
私はその再処理工場になろう
もしも、あなたの道に塞がったなら
私はブルドーザーの役を演じよう
誰しも八方塞がりさ
あなただけではないのだから

「無」

何も考えない心
それが幸福
嬉しくも悲しくもない心
それが幸福
空っぽのコップ
それが幸福
丸い風船
それが幸福
思考は悪だ
心の平穏
それが幸福

「夢……到来」

遥かなる久遠からの誓い
時の流転にてこの時を生き抜く
自身の果たしゆく事
自身の投じた夢
厚き障害を乗り越え
今、その筆を落とすべく七宝の器に墨を注ぐ
深紅の輝きを手中に入れるべく

「無冠のランナー」

精一杯駆け足をして歩いてきた
えっちら・おっちらと人生の山道・崖道を越えてきた
ゼイゼイ、ハアハア
私はがむしゃらだ……手を抜かない
息が切れるががむしゃらだ……手を抜かない
けれど見た目は格好が悪いし、ぶきっちょで世渡りが下手だ

私はがむしゃらだ……手を抜かない
何事にも渾身でぶつかっていくタイプだ
このスタイルで幾つもの難局を乗り越えてきた
けれど時に早とちりで、よく失敗をしてしまう
特に恋愛には顕著だ
話さなくてもよい事を話してしまい、挙句の果てに自爆してしまう
要は努力家だが天然で鈍感だ
この欠点ばかりは修正不能だ
ゼイゼイ、ハアハア
これからも精一杯駆け足をして歩いていく
ゼイゼイ、ハアハア

私はがむしゃらだ………手を抜かない
精一杯かけっこをしてきた
あまり恰好の良い走り方ではないが、青筋を立ててひたすらゴールを目指した
私の走りは内股で走る癖がある
運動会では家族からひんしゅくを買い、恥ずかしいから走らないでくれと懇願された
私の走りは目をぎょろつかせ、口を尖らせて走るようだ
運動会では無様で恥ずかしいから普通に走ってくれとチームメイトから打診された

私は無冠でも良い
けれど挫折は好まない
私は無冠でも良い
見た目や形にはこだわらない
ドン尻は辛いが二番、三番手なら問題ない
自分が歩き、走った軌跡には常に誇りを持てる
要は自分自身が納得のいく内容であったたか、全力で取り組めたかである
別に人の為だけに生きている訳ではないのだから
自分の人生街道なのだから

「戻郷墓標」

闘いが終わった戦士の様に
最後はあの地へ帰りたい
戻りたい
それが強い願望であり
そうしたいのだ……
否、そうしなければならないのだ
これからの私はその為に己の人生を設計していかなければならないのだ
究極、私の使いさらされた白骨は
最後はあの地に埋められ
そうされる事によってやっと「安らぎ」という二文字に遭遇出来るのだと信じている
成仏出来るのだと信じている

「問答」

こんな五濁悪世《ごじょくあくせ》の雨降る夜には
破れた魂の傘では詮なし
須弥の頂を露骨に願っても
その時は未だ至らず
その機、未然なり
瑠々《るる》の煩悩を薪にして燃やすべく、その火種を探しても未だ見当たらず
このまま五濁悪世の過酷な雨に浸りたくはなし
門人問う「破れた魂の傘を如何に修繕すべきものか」
答ふる「只々、三宝を供養するにあり」

「門戸」

さあ、あなたの閉じた心の門戸をお開けなさい
秋の風は少し肌寒いけれど、凄く良い匂いがしていますよ
秋の海は少し寂しいけれど、凄く心が落ち着くものです
あの色付いた木の葉は模様替えのサインかもしれません
さあ、あなたの閉じた心の門戸をお開けなさい
自然はこんなにもあなたを温かく迎える準備をしてくれていますよ
この私の手を握って出掛けましょうよ
その心の門戸の扉を開けて
新たな風を求めて
新たな光を求めて

「優曇華《うどんげ》の花」

この身の幾重にも重なる罪の罪障《ざいしょう》消滅が出来るとしたら
それはどんなにか嬉しい事だろう
これ迄に流した涙の日々が報われる
過ぎ去った過去は取り戻せないけれど、過去の呪縛からは解放される
他人と比べ身の不運の多い事を凄く恨んだけれど、その思いからも解放されるのだ

この身の幾重にも重なる罪の罪障消滅が出来るとしたら
それはどんなにか嬉しい事だろう
焼き払ってしまった高校時代のアルバムを誰かに頼んで復元して貰おうか？
暗い過去を綴った日記帳も今日よりは宝に変じるだろう

罪の消滅は計り知れない幸福を提供してくれるのだ
けれどそれはこの身体で直に確認出来なければならない
でないと只の観念になってしまうから
信用する事が出来なくなってしまうから
罪の罪障消滅をする事は、おそらくはそんなにた易いものではないであろう
そんなに人生甘くはないからね
だとしたらどうしたら良いのだろうかと不安は募る
遠い過去から連なったこの身の罪の大きい事は痛い程知っている

もしあの優曇華の花に遭遇する事が出来たとしたら
遠目でも構わないから伝説のその姿を拝する事が出来たとしたら
この汚れきった凡夫の身の私にもその資格があるとしたら
私の幸せも太鼓判を押せるのだけれど
罪障という強固な檻の中から出られるような気がするのだけれど

「落とし物」

落とし物は何だったのだろう？
確かに胸の内ポケットにしまっておいた筈なのに
それ以来、心にポッカリと穴が開いたようで何だか胸騒ぎがするのだ
それはお金でも高価な品物でもなかった筈なのに
そう思うと妙に胸騒ぎと不安が募るのだ
あれは物だったのだろうか？
案外物ではなかったとすれば、それは温もりだったのかもしれない
つい先だって意中の人に告白をして、結果見事に断られたから
そして、気持ちが途切れてしまったから

「履歴書」

一昔前の私の心の履歴書は潔癖を求め、汚点を嫌っていた
白い紙面に自分の力以上のものをさらけ出そうと仮面の自分が筆を走らせていた
力も無いのに社会の中で人より秀でようと目論んでいた
見栄の塊、自惚れと妄想に取りつかれた人間であった
面接が失敗に終わるとだらだらと肩の力が抜けて、その失敗を肯定する自分に成り下がっていた

結局私はその後、負けの人生を幾度となく味わう経路を辿った
仕事も然り、プライベートも然りである
とうとう私の履歴書からは明るい項目が消え失せていった
ていうかこれが私本来の実力であったのだ

「糧」

希望は前進の因
破壊は問答無用の悪の所作
そして、破壊は一瞬
希望の歩みはじんわりと時間がかかり、忍耐が必要だ
私は勿論、希望が好きさ
希望を目指して走り続ける
たとえ中途でリタイアしたとしても、それなら自身に悔いは残らないから
それこそが生きている証だから

「転身」

一つ、二つ、三つと大きな谷を超えてきた
リュックの中には苦悩という重い荷物がずっしりと入っている
けれど、もうそれに固執していてはいけない
いつまでも取りつかれていてはいけない
いつまでも構っていてはいけない
何故なら、もう後がないのだから
もはや自分の人生の、締めくくりの幕が下ろされる準備段階に入ってしまった
ならば有終の美を飾らねばならない
不本意な形で幕が閉じても良いのであれば、このままでも構わない
「けれど、それでは嫌だ！」
お陰で両足も棒の様になって疲労の極みだ
リュックの重みで腰も悲鳴を上げている
このままでは身体も持つまい……

早急にリュックの中身を希望というほんわりと柔らかなものに交換して、前に直らなければいけない
いつまでもジロジロと後ろばかりを振り返っているようでは駄目だ
過去の流れを断ち切り、気持ちの改善をしないと駄目だ
今までと違う道を歩んで行かねばならない

今度からは険しい谷ではなく、春風が駆け抜ける草原に足を着けるべく
その為には、自分は何をなすべきかを自問自答しながら生きるのだ
「ああ！　生まれ変わったんだ」と感じる位に転身をしないといけないのだ
残りが限られた時間の枠の中で

Ⅶ　エール

「鈍重なる鐘のなる場所」

「ゴーン・ゴーン」「ゴーン・ゴーン」
重い鐘の音が鳴り響くこの町は
私の心の波長とよく合うらしい
とても良い場所に巡り会えたものだ
もう年だから今更賑やかでざわついた生活はしたくはない
自分の人生だから自分が心地良ければそれで良い
個人的に言えば苦労人で浮き沈みが激しい生活だった
だからあまり大きな変化を求めず、居心地の良い落ち着いた生活をしたいだけだ

「ゴーン・ゴーン」「ゴーン・ゴーン」
重く鈍い鐘の音が鳴り響く
重く鈍い鐘の音が骨の髄まで染み渡る
朝な夕なに決まった時刻に町中に鳴り響く

「ゴーン・ゴーン」「ゴーン・ゴーン」
心地良い波長で鳴り響く
静かで平穏でゆとりのある生活だ
昭和の時代を彷彿させるようだ
おそらくこの鐘も私と一緒で年季が入っているに違いない

波長が合うから多分そうであろう
良い音でしぶい音だ

「ゴーン・ゴーン・ゴーン」
思えば若い時から神経をすり減らしてずっと生きてきた
気の使い過ぎで神経が切れてしまうのではと思った程だ
だから今度こそは見返しにゆったりと生きてみたい
散々苦労をしてきたからもうこりごりだ
同じ轍は踏みたくはない
もう体力も無い
もう決して無理はしたくはない

「ゴーン・ゴーン・ゴーン・ゴーン」
私の五臓六腑に程良く染み渡る
私は夕暮れに鳴るこの鐘の音が特に好きだ
あの山の端に夕日が沈みゆく時のこの鐘の音とマッチした情景が特に好きだ

「内なるもの」

あの小高い丘の上から祈りをしたためた紙飛行機を飛ばしたい
風の向きやその強さを考えて、絶妙のタイミングを見計らって飛ばしたいのだ
うーんと遠くへ飛んでくれるといいな！
うーんと弧を描いて飛んでくれるといいな！
願わくは貴女の住んでいる三丁目辺りまで……

そこに舞い降りたら、僕の願い事は終わりかな
多分その紙飛行機は、単なるごみとして処分されてしまう事であろう
あるいはそこいらの鳩に弄ばれるかもしれない
そして、大切な人の目には触れないかもしれない
それはそれで良いんだ
全然、問題ないのさ
こちら側の一方通行の行為なのだから
それに僕のこの気持ちは、大切な貴女の心の中に届いていくと信じたいから

「内なる牙城」

その牙城を崩してはいけない
決して強固な造りではないけれど
決して美しい形ではないけれど
そこにはあなたの歩んだ歴史が宿っているから
何物にも変えがたい燻し銀のオーラをそこには感じられるから
あなたのその内なる牙城を崩してはいけないのです
もっと磨きを掛ければ、威風堂々たる牙城になる筈ですから

「二つの骨壺」

二つの骨壺が置かれている
随分と小さな入れ物に入っちゃったものだ
生前はこの僕にあれだけ大きな影響を与えてくれていたのに……
ちょっとギャップを感じるよ
でも仕方ない事かな
一つは亡き母の分骨の入った骨壺、そしてもう一つは愛犬ピースの骨壺だ
愛犬の骨壺の方がデカイ

二つは我が家の仏壇にそっと安置されている
母が先に他界し、その一年後に母の後を追うようにピースも息を引き取った
偶然にも二人とも肺の疾患がこの世を去った直接的な原因だ
生前から仲の良かった二人の事だ
二人のお骨を一緒に並べたのは私の意向だ
同じ家族でしかも仲が良かったから当たり前に帰着した考えだ
あの世に逝ってからも仲の良い二人でいて欲しいという願いも踏まえて

生前、二人の存在はとてつもなく大きかった
二人が同じ屋根の下に居てくれたお陰で私は生き甲斐を感じ、心を平穏に保つ事が出来た
仕事にも張り合いがあった

だから深く感謝をせずにはいられない
何とはなしに何かを背負って生きていた私にはこれ以上のお土産・ご褒美はなかった

だから二つの骨壺には朝夕手を合わせている
躓き困った時には声に出して相談もしている
最近ではその相談する回数も少し増えてきたようだ
これが私の日課になっているし、生きていく支えでもあるのだ
二つの骨壺
我が家のかけがえのない財産であると信じている

「能　忍」

いかなる事があろうとも
私は乗り越えよう
いかなる事があろうとも
私は再起しよう
耐え忍びこの茨の人生を乗り越えよう
それが賢明な生き方だと信じるから
それが真実の生き方だと信じるから
そしてこれまでの人生の軌跡でそう悟ったから

［Nonin］

No matter what happens、I will overcome.

No matter what happens、I'll try again.

Let's endure the life of this thorn.

Because I believe it is a wise way of life.

I believe that is the true way of life. And because I realized that through the course of my life.

「能力オーバー」

俄かに自身の運命が重荷になってきた
受け入れるキャパシティがもう限界値に達している
けれどこれを嘆いてもどうにもならない
誰かが代わってくれるべきものでもなし
ここは踏ん張れということか！
おいおい、人生さん、あなたは手抜きってやつを知らないね

「背比べ」

私はあまり他人と自分の比較はしない主義である
持って生まれた運命も違うし
生き様だって全然違うし
夢や希望を持っているかいないか
価値判断の基準も違うしね
背比べは、昨日の自分と今日の自分の背比べをすべきだよ

「白亜」

暗闇にそそり立つ白亜の灯台
さながら海辺にそそり立つ白い巨人のようだ
その慈光は遠い波間まで届け行く
その光は水先案内人
その光は希望
その光は安堵
その光は永遠
その光は友達
私はこの白亜の灯台の様な存在でありたい
微弱ながらも希望を放ち続ける存在でありたい
到底、灯台には及ばない存在だけれど
私はもっと小柄な人間だけれど
そして、私は内陸に突っ立っている身ではあるけれど

「身支度」

暗闇の自宅のマンションのソファーに横たわり
スマートフォンから流れる心臓を震わす重たいブルースを聴きながら
あれやこれやと思いを巡らす
断片的な思い出が水の様に湧き上がって心を揺らす

何も置かれていない殺風景な洗面台
昨日迄壁に掛かっていた額も今はもう無い
クローゼットの中も塵一つない状態だ
ソファーの前にあるテーブルの上に置かれた冷めた紅茶の入ったティーカップと、あとは
窓辺に置かれた一つの空になった花瓶をケースに入れれば身支度は全て完了だ

あんなに激しくベッドで抱き合った二人
熱い抱擁で二人の愛を確かめ合ったあの夜の数々
知り合いを呼んでの飲み会や食事会も盛んにやった
所謂、敷居の低い家だった
お互い仕事を持ちながら工面した食事での夫婦間の語らい
ソファーの上で体を寄せ合った憩いの一時
今日、そういった思い出の全てが水の泡となって消えてしまう
何があって歯車が狂ってしまったのだろう

醒めた愛の存在など一時も思う事すらなかった二人なのに
お互い相手の事を敬い、支え合い、助け合って歩いてきた筈なのに
それは紛れもない事実だというのに
性格の不一致なんて言わせない
趣味の不一致などとも言わせない
長い年月、付き合ってきた二人なのだから
煩悶する心と交差する心とが複雑に入り混じる
けれど最初に切れたのは確かに私の方だ
それは間違いの無い事実だ
それからは問わず語りの会話がどちらからともなく口から出始めた
二人で確認し合ったカレンダーへの書き込みも次第になくなった
ある線から会話は途切れだし、寝床も別々の状態になり、最終的にドロドロ状態の離婚に
行きついてしまった

ブルースの曲が心に沁み、薄っすらと涙が眼を濡らし始めた
未だに信じられない事実に反発してもそれを受け入れるしかない
心は放心の状態であり、やっこ凧の様にぐらぐらとぐらついて、生きる鎹が外れたように
なってしまった

過ぎし日の自身の過ちや愚かさを今はこの場にいない相手に深く懺悔してから
冷めた紅茶を一気に飲み干して、さっと立ち上がって最後の船に乗り遅れないように身支

度を再開した

「抜けた魂」

もう限界か？
年齢的にも精神的にも……
前向きな意欲が出てこない

私はこれまで幾つかの波浪の立ち塞がる人生を歩んできた
私は幾つかの悔し涙を流してきた
それでも周りが認める「元気人」をずっと通してきた
それが私の所謂特技であった
自信でもあった

けれど今回は違っている
心の踏ん張りが効かない
マイナスの思考が頭をよぎる
訳の分からない嘆息がふっと漏れてしまう
踏ん張りが効かなくなった原因はとうに分かっている
それはいつも私を支えてくれた母親の存在である
母親の死以来、私の心は徐々に病み、これ迄の私ではなくなってきていた

生前は母親の身体の事を気にしながらも、母親の行動や言葉を半ばうざったく思う事さえ

度々あった
私は仕事と家庭の両立に心身共にいっぱいいっぱいの状態を余儀なくされていた
故に母に対して愚痴も出た
けれど母親の慈愛に満ちた存在はあまりにも大き過ぎた事が後々分かった
母親の死後、その思いは日に日に増していった
と共に私の前向きな生き方は徐々に影を潜めていったのである
故人の為に尽くしてきた人生が終わりを告げ、生き甲斐を無くした私は新たな生き甲斐を
探す事が出来ずにもがいている

「もう……」という諦めの言葉が私を後押しする
「もう……」という今迄の私には聞き慣れない言葉が歩みを止めさせる

「悲しい祈り」

悲しい祈りは誰の為
ねんごろに合わせた両手が、感極まりの果てに崩れ落ち
不意に流した涙が積もるだけ
ささくれた畳の上に、ポタリポタリと乾く間もなく積もるだけ
悲しい祈りは誰の為
悲痛に震える唇に言葉が詰まり
懺悔の思いが雪の様に散らつくばかりだ
次から次へと頭の中に、チラチラと途切れる間もなく散らつくばかりだ

しみったれちまった心
塞がっちまった心
数珠持つ手で顔を覆い
光の差さない明日を静かに思い遣る

悲しい祈りは誰の為
追善回向のかしこまった儀式、御祈念事
私はともあれご先祖様の安穏をひたすら祈る
時を掛け、ひたすら祈る
線香の火の一、二本分がフッと消え去るまで

脚の平がしびれ、畳に凹みが出来るまで延々と祈る
唱える音声に力はなくとも
悲しく打ち震えた祈りだけれども
ありのままの姿、ありのままの気持ちで向かい合う
蝋燭の火と、線香の煙と香りが立ち込めるこの部屋の中で

「必要不可欠」

砂漠にオアシス
線香にマッチ
熱暑に氷
赤ちゃんに子守唄
必要不可欠なものの存在がある

恋愛に語らい
信仰に確信
釣り人に針
クリスマスにサンタクロース
必要不可欠なものの存在がある

私の失った過去に決別の酒
私の妄想癖に現実
私の孤独に見果てぬ連れ合いの存在
私の生きる糧に大いなる夢の実現
必要不可欠なものの存在がある

あれもこれも大事だ

それなくして語る事はいかにも頓珍漢な話だ
それなくして語る事は砂上の楼閣だ

必要不可欠なものの存在がある
人とは弱く、躓き易い生き物だ
依存症の生き物だ
この人もあの方も華麗に生きたいというのが本音だ
華麗なピリオドで完結したいのだ
だから疾走する馬の後を追う様にその存在を求めるのだ
そして、今晩の寝床の必要不可欠なものとは、私の場合はハイネの本との語らいだ

「天国の恩人」

他界してしまった恩人
まだあの世から日夜朝暮にエールを送ってくれている
だから私はホッとうなだれる
元気でいられる
娑婆の世間にあって、美味しく味噌汁を喰えている
ありがたい、ありがたい……合掌

他界してしまった恩人
まだあの世から挫けた時にエールを送ってくれている
だから私はホッとうなだれる
元気でいられる
娑婆の世間にあって、美味しく菜の花の天婦羅を喰えている
ありがたい、ありがたい……合掌

あの方は、遠い雲海越しから見ていてくれる
あの方は、深い想い出の糸を引っ張って元気づけてくれる
合掌……そして、また合掌
こんな汚れて垢だらけの私を未だに可愛がっていてくれる
私には未だ尽きぬあなたへの悔恨の念があるのだ

私には未だ尽きぬあなたへの感謝の念があるのだ
「オイオイオイ……オイオイオイ………」
「オイオイオイ……オイオイオイ………」
「オイオイオイ……オイオイオイ………」
「オイオイオイ……オイオイオイ………」
堪らず仏前に線香を焚かずにはいられない

他界してしまった恩人
けれどその存在感は生きている時とさして変わらない
焼き魚を食べていればすぐ隣で食べていてくれる
バラに水を与えていると微笑んでいてくれる
料理をしていれば片付けを後押ししてくれる
風呂やトイレの掃除を怠ると叱咤してくれるのだ
「おい、お前。この家をもっと大事にしなよ」と

他界してしまった恩人
あなたがいるから生きていける
他界してしまった恩人
あなたがいるから今を持ち堪えているのです

「風見鶏」

あの風見鶏は私です
随分と前から同じ方向ばかりを向いています
別に何の意図もありません
どこか故障した訳でもありません
何か先に興味のある存在があるのでもなく
風に歯向かっている訳でもありません
ただ、他所を見ている心の余裕がありません
ギリギリなところで突っ立っています
それだけの事です
役立たずだと蔑まれるかもしれません
他の物と交換させられる運命かもしれません
そうなったら黙って受け入れるしかありません
悪いのは私なのですから
でもだからと言って他の風見鶏みたいに、風向きに従順にはまだなれません
私はここを任された風見鶏です
全て万事オッケイになったら、以前の様に役目を果たしますから
私は、随分と滑稽な風見鶏です

「風来坊」

たまには気紛れな風と一緒に
風来坊の様に、当ても無く彷徨い続ける日があっても良いのかな
フワリフワリ
ソロリソロリと
ヒューッ、ヒューッ、ヒューッ

新たなカレンダーで、新たな自分探しを求めて
そしたら新しい何かを発見出来るかもしれない
心に大切な財産を貯める事が出来るかもしれない

新たな自分を発見する事が出来るかもしれない
フワリフワリ
ソロリソロリと

さあ、出掛けてみませんか？
どはまりの生活もさぞかし疲れたろうに
精神的にもかなりストレスが溜まっているし
有給休暇たんまりと残っているし
もっと体を大切にしないと

人生は、まだ長いのだから
さあ、出掛けてみましょうよ！
フワリフワリ
ソロリソロリと
ヒューッ、ヒューッ、ヒューッ

それがたとえ当てのない旅でも良いから
だから思い切ってひょっこりと出掛けてみましょうよ
その辺の風に背中を押されてさ
元気印をひたすら求めて
フワリフワリ
ソロリソロリと

「物言わないモニュメント」

我が家のリビングにあるモニュメント
何も言わず、私を見守っている
大抵、その存在に気づかない場合が多い
けれどその存在に威厳を感じ取る場合もある
二階建ての一軒家に暮らしているのは私一人だけ
庭もまあまあ広いスペースだ
家に居る時は、当然会話は全く無い
私が会話をする時はほとんどが仕事の時間帯だけだ
リバウンドのせいか仕事場でのトークは多い
同僚を笑わせ、叱咤激励し、悪いものは悪いと指摘も惜しまない
曲者ピエロの役を演じている

一旦、仕事から解放され我が家に戻れば、ありのままの私にリセットされる
家に戻れば黙々と主婦業もやっている
家事歴は相当長い
唯一、洗濯物のたたみ方がへたくそだ
人生長くやっていると色々な経験値があり、色々な境涯を歩む事になる
それは人それぞれだ
私の場合は何でもこなせなければ生きてはいけない設定になっているらしい

上手く人生をこなしている様に見える私だがその分ストレスも大きい
寛ぎの時間が制約されるからだ
その為、重度の帯状疱疹という厄介な病気にも苦しめられた

嗚呼、疲れたね……
ソファーに体を委ね横たわった時に壁に掛かった山羊のモニュメント
が視界に入る
（おい、お前！　そこにいたのか。元気だったか？）
普段は全く気にならないモニュメント
普段はその存在すら忘れているモニュメント
普段は只のモニュメント、普通のモニュメント

友達連盟が手を結ぶ
生体と物体
とても良いバランスだ

「歩み」

強く生きなければいけない
たとえ心身共にやつれていても
世俗的な関わりに閉口し、嘆息したとしても
強く生きなければいけない
自分目線で納得のいく生き方であれば良い
退廃とか甘美といった類の言葉で自分自身を慰めてはいけない

「新生」

昨日までの歩みの歴史と記憶に
一旦、ディフェンスを張り巡らせ
もう執着をせず、再び振り返らず
新たな新生の路を歩もうと決めた
弱い自分の心が再び揺れ動く事のないよう
日々自分に厳しく律していきたい
茨が立ちはだかるこの路は
時にこの様な生き方も必須の選択肢となる事を忘れまい

「新生という名の元に」

新生という名の元に
何の心構えも無く、只々「新生」と叫ぶばかりで
昨日迄の自分と何の変わりも無く、嘘つきで気合は空回りだ
一体、何をどうしたいのか自分でも分からず
情けなく理想ばかりを見やっている
ちぎれた鎖は二度とは結ばない
飛び立った渡り鳥はすぐには帰っては来ない
バケツに入った水に水滴を落としても同じ波紋は作れない
去って行ったものを追う事はしない＝自分が惨めになるだけだ
過去の懐かしい思い出を何度も振り返ったりもしない＝宝の思い出の壁が高くなるだけだ
おそらくは私などには目新しいものなど探し出す事など出来はしない
これを転機にと生き方を変える事も出来はしない
何故ならば私は心が不器用で幾つかの能力など持ち合わせてはいない
だったらこの路に落ちこぼれないように下手な経でも唱えて、嘘でも良いから幸せを願う
より他に路は無いのかもしれない
新生という言葉など私には不釣り合いだ
新生という言葉など口にしてはいけない
新生という言葉など頭から抹殺すべきだ
畳に正座し使った蝋燭とお線香が多ければ多い程、天井の煤の汚れが多ければ多い程、私

的には幸せなのだろう

「新生の詩」

長い霧のかかったトンネルを通り抜けてきた感じだ
平泳ぎの様に両手で霧をかき分け、どうやらフィニッシュした
思い通りにいかない期待外れの長い第一幕だった
暗いカオスの時代だった
脳は破壊しないで何とか持ち堪えた
肝臓は随分と痛めつけ疲弊している
涙はその貯水量の、とうに七割は解き放った
総体的にガタガタの身体だ
随分と長い間、畑に放置された案山子のようだ
身も心もボロボロだ
けれどやれやれお疲れさま、そしてご苦労様！　と言ってやりたい

もう次の第二幕を迎えている
傷んだ衣も新調した
後は病んだ身体と心のリフレッシュだ
こいつには少し時間が掛かるだろう
嗚呼、新生の詩を新生の凱歌をひとりこっそりと歌いたい
ひとり大きな声でひっそりと歌いたい
自分が好きなあの阿多古のとある場所から

これからはどんな時代になるか知りはしない
冬の時代の再到来になるのかもしれない
歓喜の時代になるのかもしれない
案外と平坦な時代だったりするかも

けれど衣替えをしたからには新たな羅針盤を用意して
新たな角度を選び進んで行く

けれど新生の凱歌を歌ったからには新たな地図を用意して
新たな道を進んでいく
私色の旗を掲げて
私色の絵の具を持って

Ⅷ　道標

「深々」

鎮魂の唄は誰の為
切なくて、心のやり場の無いまま時を追いやる
痛んだ心、すさんだ心を道連れに何とか今日を生き切る
また、明日も同じ様な日がやって来るのだろうか？
しんどい
このやるせなさは自業自得だ
他の誰のせいでもない
蒔いた種は自分で刈り取らなければならない
少々身体がしんどくても自分で刈り取らなければならない
これからはずっと自分で刈り取らなければならない
一旦、弱音を吐いても歯を食いしばり
そして、耐えねばならない
鎮魂の唄を捧げる為に

あの方に捧げる唄だから……深々
あの方が見守っているからには……深々

鎮魂の唄は誰の為
切なくて、心のやり場の無いまま時を追いやる

痛んだ心、すさんだ心を道連れに何とか今日を生き切る
しんどい
己の度量が無いと蔑んで、その道端に座り込もうとも
誰も助けてはくれない
その地から無理やりでも這い上がり、空を見上げ歯を食いしばり、前を見るしかない
これからは自分が指標だ
とかく虚ろな日々に絶句し地団太を踏もうとも
鏡の前の自分に絶句しようとも
人と対比して自分の愚かさを悔やんだとしても
それは耐えねばならない
鎮魂の唄を捧げる為に

あの方に捧げる唄だから……深々
あの方が見守っているからには……深々

「真紅のバラ」

真紅のバラ
大切に育て上げたバラだ

何の取り柄も無く、孤独街道をひたすら走っているけれど
はたまた挫折感に押し潰されているしょんぼり野郎だけれど
心の優しさだけは忘れたくはないな

真紅のバラ
こまめに水やりと栄養を与えてやっと咲いたよ
咲きましたよ

「進」

遍《あまね》く悔恨に別れを告げ
新たなる自身の悟りの境地へと赴かん
人と比する事無くこの道を
えいやあぁ！　えいやあぁ！　と声高らかに
前へ前へと進むのだ
視点の狂った生き方は万華鏡
分不相応な道は蟷螂《とうろう》が斧
けだし我が道は妥協を捨て
甘美を捨て
贅沢を捨て
酒を捨て
えいやあぁ！　えいやあぁ！　と足音軽く
えいやあぁ！　えいやあぁ！　と希望を道連れに
前へ前へと進むのだ
前へ前へと進むのだ

「雪」

雪がちらちら降りまして
下では赤やら黒やら青やらのアンブレラが咲き乱れ
そして、みるみる街が一層狭くなっていきます
小っちゃな犬は喜んで跳ね回りますし、子供たちはキャンディーを舐め舐め頬を赤く染めていきます

雪がちらちら降りまして
下では工場の煙突から黒い煙がモクモクしていて竜の様ですし
山の大きな松の木の爺さんは静かに歌なんか歌っています

雪がちらちら降りまして
山形ばかりか東京や静岡の人達も白く化けているのでした

雪がちらちら降りまして
下では貧しい家に一人の男の子が産まれた様です
雪はやがてもっともっと大きくなりまして
ポタン、ポタン、ポタンと音を立てています
オギャー、オギャー
ポタン、ポタン

オギャー、オギャー
ポタン、ポタン
オギャー、オギャー
ポタン、ポタン
もう、夜も更けてまいりました

「戦士」

忍辱の鎧を着て、曲がりくねった道を歩いてきた
半ば以上、狂乱の時代も経験した
再生が不可能と思われた病気も医師の力を借りずに治した遍歴もある
僕はこの世の修羅場を歩いてきたのだ
そう、ずっしりと重い忍辱の鎧を着て

けれどそんな僕も歳を重ねもう若くはない
だからそんなにエネルギーは残っていないかもしれない
しかし、僕の透徹した精神の前には暗闇は似合わない
ずっしりと前へ前へと歩んでいくのだ
暗闇も無理やり暁へと変えていく
そうさ、忍辱の鎧を着て歩いていくのだ
今まで通りにね
あの見果てぬ夢を獲得するまでは

「GIVE」

優しさを誘うのが僕の使命
立ち竦んだ人を奮い立たせるのが僕の使命
枯れた心に潤いを与えるのが僕の使命
たとえ幾分か自身が犠牲になっても構わない
何故って？
それが僕だから

「蘇生のうた」

朽ち果てたあの華に
七宝で飾られたジョウロを使い
蘇生祈願の聖水をチョロチョロと徐々に与えたい
一滴・一滴に願いを込めて与えたい

最後の最後まで命の尊さを重んじたいから
生命にあれやこれやの分け隔ての差別をつけたくはないから
あの華の美しさを誰よりも知っていたから
あの華の甘い蜜の味が美味しかった事をミツバチ達から聞いていたから
あの華の香しい香りが素敵だった事を恋人から耳打ちされていたから
偶然あの華の押し花の作品をコミュニティーセンターの展示で拝見する事が出来たから
そして何よりも私は自然が好きだから
朽ち果てた華を慈悲の温もりで包み込もう……包み込みたい
私の諳んじる事が出来る可能な限りのところまで仏の経文を捧げよう
納得のいくまで傍に居てあげよう
不可能を可能にする力を信じたいから
その力はきっとどこかに存在する筈だろうし、何よりも物事を簡単に諦めて投げ出してしまう私の質を根底から改めたいから

「足跡」

めくるめく時代の流れ
私が残すべき痕跡はまだピリオドを打っていない
痕跡を残すべき余白はまだ十分に残されている
今後どのような事があろうとも
その痕跡を残すまでは闘い続ける
阿修羅の形相をして戦い続ける
それが私の生きる証なのだから

Ⅸ 悠遠

「損の無い生き方」

万葉の歴史から酌み取るものは必ずあるものだ
その気になってそれを引き出し
生きる為の知恵へと積み上げていく
損の無い生き方
どうせ生きるならそんな生き方の選択もありかな
自身の知恵にも限界はある
自身の経験にも限界はある
自身の力や努力にも必ず限界はあるのだから
そして、今日よりは新しい明日の自分を見たいから
損の無い生き方
どうせ生きるならそんな生き方の選択もありかな

「断絶」

途絶えてはいけない流れがある
悠久から滔々と流れてきた歴史がある
そこから新しい時代の引継ぎがあった
色や形や風貌は違っても、歴史は脈々と流れ続けてきた
決して豊かな流れではなかった
豊潤な栄養素を含んだ流れでもなかった
けれど楽しく健全に流れは続いていた
面白おかしく魚が泳いでいた
ワイワイ、ギャアギャアと笑いが漏れていた
活気に溢れていた

途絶えてはいけない流れがある
過ちや挫折などで簡単に「ああ、そうですか」と言って、その流れを堰き止めてはいけないのである
そこには深い歴史があるから
代々の気持ちや情けが籠もっているから
簡単に一時代の裁量の無さで、そんな事をしたら罪になる
罰当たり人として名を残してしまう
それだったら少々なゴミが溜まって美観を失った方がまだましだ

途絶えさせてはいけない流れがある
途絶えさせてはいけない歴史がある
けれど今、私は密かに懺悔の言葉を探している
遠からず、西来院にあるお墓に行って、我が家の墓石に深く懺悔のお祈りを捧げねばならない

「男美」

見てくれ！　この私の男の美学を
見てくれ！　この私の隠れた艶やかさを
感じてくれ！　じんじんと深い私の哲学を
そして、私はまたこのステージを舞い続けるのです
有終の美の幕が降りるまで

「雲上の月」

限りなく続く煩悩の波に立ち向かうには
鋼の様な心を友とし、そしてそれを駆使して踏ん張る事だ
その鋼の様な心は、心の鍛冶屋で散々と鍛え上げてきたではないか
美しく仕上げてきたではないか
限りなく続く煩悩の嵐に立ち向かうには
自身の培った経験を武器とし、参考書にして決して怯むことなく立ち向かう事だ
自分は辛い経験をいっぱい積んできたではないか
そうすれば厚き雲に閉ざされた月の光も拝めよう
そうすれば昨日流した悔恨の涙も救われよう
そう思い、そう確信し、地上に根を張り生きていく

「綴り」

悠久の己の歴史を綴りたい
桜梅桃李の理を確信して
私は私ならではの歴史を綴りたい
只々私色に染め上げれば、そしてそれが納得のいくものなら
結果は求めていた色になっているに違いない
きっとなっているに違いないから

おわりに

書き始め当初は、詩の本を自費出版しようと考えたのであるが、中途から短編の小説も加えて一冊の本にしたいと思うようになってきた。

青春時代に記していた日記帳の中に、その残骸が残っていたからである。結果的に、わずかな短歌をも含めて一冊の本として完成するに至った。ジャンルの違う合作の要望を聞き入れ、且つ本が完成するまでに、私を支えてくださった文芸社の方々には、この場を借りて謝辞を記しておきたい。

時代はコロナが蔓延り（執筆当時）、地球全体に目を当ててみても、幸福が希薄な時代に突入しているような感がある。物の時代から心の時代へ変化し、人の生き方自体も新たな変革が必要な時代になってきている。

生きている途上において、不幸を感じることは多々あるのであるが、それに潰されてマイナスの辛い人生を長期に亘って歩むのは残念なことである。苦を和らげ、安堵の念が抱かれれば、それに越したことはない。

壁を乗り越える力が、必要不可欠である。それには個として取り組むことを根底において、家族・友人、さらに拡張すれば、地球家族的なものが個の支えになったとすれば、こんな住みやすい人生、世の中はないものと思う次第である。

著者プロフィール

大桑 伸一（おおくわ しんいち）

1961年1月20日生まれ
静岡県出身、在住
静岡県立二俣高等学校卒業。都内通信教育課程法学部卒業（法学士）

魂の叫び　光の囁き ―大桑伸一作品集

2021年9月15日　初版第1刷発行

著　者　大桑 伸一
発行者　瓜谷 綱延
発行所　株式会社文芸社
〒160-0022　東京都新宿区新宿1－10－1
電話　03-5369-3060（代表）
03-5369-2299（販売）

印刷所　株式会社フクイン

ISBN978-4-286-22937-9